SHAONÜ QINGHUAI ZONGSHI CHI

少女情怀总是吃

甜到心底的暖文
恋情开始了美食
吃货恋爱必备书

梁小兔 著
LIANG XIAO TU

青岛出版社
QINGDAO PUBLISHING HOUSE

图书在版编目（ＣＩＰ）数据

少女情怀总是吃 / 梁小兔著. -- 青岛：青岛出版
社，2017.1
ISBN 978-7-5552-4494-3

Ⅰ．①少… Ⅱ．①梁… Ⅲ．①散文集－中国－当代
Ⅳ．①I267

中国版本图书馆CIP数据核字(2016)第193317号

书　　名　少女情怀总是吃
著　　者　梁小兔
出版发行　青岛出版社
社　　址　青岛市海尔路182号（266061）
本社网址　http://www.qdpub.com
邮购电话　010-85787680-8015　13335059110
　　　　　　0532-85814750（传真）　0532-68068026
责任编辑　那　耘
责任校对　邹　蒙
特约编辑　郑新新
装帧设计　晨星书装
照　　排　智善天下
印　　刷　三河市航远印刷有限公司
出版日期　2017年1月第1版　　2017年1月第1次印刷
开　　本　32开（880mm×1230mm）
印　　张　8
字　　数　110千
书　　号　ISBN 978-7-5552-4494-3
定　　价　38.00元
编校印装质量、盗版监督服务电话　4006532017　0532-68068638

建议陈列类别：文学/畅销

目 录

豆花，甜 or 咸？

食材：

豆浆　盐卤　清水　黑糖　生姜　红枣　桂圆　枸杞

步骤：

1. 煮好的豆浆按照比例加入盐卤，静置凝固

2. 清水加入生姜烧至沸腾

3. 姜水烧开后依序加入黑糖，红枣，桂圆，枸杞

4. 煮至汤水略稠关火

5. 放入冰箱保鲜室

6. 冷却后的黑糖水滑入凝固的豆浆即可

豆花，
甜or咸？

过年的时候，我和好闺密豆花躲在家里看《舌尖上的新年》，对于我们这两个名副其实的吃货来说，寒冷的天气窝在沙发上，嘴巴不停地连吃带说，无疑是特别幸福的事情之一了。

从电影里看到台湾女孩和家人准备年夜饭的时候，我已经放下了手里的零食包装袋，感觉和画面上那鲜艳欲滴的菜肴相比，嘴里吃的东西味同嚼蜡。可是身边的豆花却完全没有停下来，她不以为然地说，这些和她的未来婆婆相比，实在差得远呢！

豆花的准老公是台湾人，叫黑糖，是我和豆花在台湾做交换生时，同一所学校的学长。记得拿到台北那所大学的Offer时，我还接到了豆花同学的邀请，她在短信里说：同学你好，我是和你一起被录取的豆花，中午一起吃个饭吧！

那顿饭，我们俩约在了校门口的苍蝇馆子，在人声鼎沸里我们小心翼翼地互相介绍着自己。一顿饭下来，话没少说，菜也没少吃，可是这盘碗之间，只有锅包肉没有见底的意思。

我问豆花："你不喜欢吃锅包肉啊？"

豆花说："我不喜欢这种没有个性的菜，半甜不咸的。"然后她问我："你咋也不喜欢呢？你们小姑娘不就喜欢这种口味儿吗？"我告诉她："在我心里，巧克力只能配牛奶，溜肉段永远胜过锅包肉。"

当时，看着不停点头、两眼放光的豆花，我知道我们的革命友谊就这样奠定了坚实的基础。用豆花的话来说，立场坚定是两个人维持感情的必备要素，决定了的事情就不可以改变，友情如此，爱情也一样。

记得刚到台湾时，豆花告诉我，她作为一个土生土长的东北人，绝对受不了"酱婶儿的"被人说成"酱紫"，她一定不要找类似偶像剧主角似的男人谈恋爱，哪怕看着再顺眼都不行，因为从小生活环境不同的两个人是无法走到一起的。后来，我和豆花两口子说起这件事的时候，豆花一面挤眉弄眼，一面矢口否认，非说我一直在飞机上睡觉，肯定是做梦了。

豆花的专业要拿到交换生证明，需要多修好多科目，所以常常是我在环岛游的各种火车上接到豆花的电话，感叹台北与东北之间差的不只是甜与咸的距离，然后想起自己还有多少页的paper没完成，放几句狠话之后还是要挂断电话去泡图书馆。

这样的日子，不紧不慢地过了没多久，她就被黑糖扰乱了节奏。还记得那天，我在公路骑行的时候接到豆花的短信，只有短短的四个字：我恋爱了。

豆花当然明白自己大部分时间都会留在校园里，索性就多参加一些社团，日子也不会那么无聊，黑糖就是其中一个社团的学长。第一次见到黑糖的时候，是在新老成员的聚餐会上，豆花在同学们浓重的港台腔里显得特别无所适从，"喂，我跟你讲喔……""真的吗？好好笑喔！""表酱紫了啦！""好了啦，拜托拜托！"豆花看着那些来自五湖四海的"陆生"，港台腔拿捏得比台妹还到位，突然想冲他们大吼一声："你们到底要干啥？"

事实上，内心住着怪兽的人，往往看上去最为温顺。豆花平复完自己的心情，索性拿了点心坐在一边吃起来。豆花最喜欢的点心不是有名的凤梨酥，而是凤凰酥。奶油加鸡蛋混合而成的面团均匀分成小份，等着用来包裹鲜香甜糯的馅料，就像静待花开的少女，盼得一心人，方能绽放最美的光彩。

把冬瓜去皮然后放入水中，慢慢煮沸，清香扑鼻而来的时候关火，沥干水分，细细切成丁，稍后和新鲜的菠萝丁一起放入锅里，用麦芽糖细细炒制，最后化成绵软的一锅，你中有我，我中有你，这就是最基本的凤梨酥馅料。

豆花喜欢的凤凰酥，则是在其中加一颗炒熟的蛋黄心，让整体层次分明许多，这实在是居家出行的必备良品。每次豆花这样和我絮叨凤凰酥的时候，我都觉得豆花这种吃货，要是早点去新东方学厨师的话，绝对不是等闲之人。

那天的凤凰酥本来就不多，豆花也不记得吃了几块，虽然胃里已经没有空间了，可是嘴上根本就停不下来。在她扫光自己的盘子后，下意识地起身去继续填满盘子，却发现另外一只公用夹和她的公用夹同时落在了最后一块凤凰酥上。豆花抬头看了看那人，和偶像剧里的奶油小生相去甚远，身形魁梧，皮肤略黑，乍一看反倒有点北方汉子的粗犷。这一看，让豆花拼命摆脱的情绪慢慢又回到心间，她想家了。

愣神的那一瞬间，豆花就听见对面的人说："同学，你好像吃了好多凤梨酥内（同音），小心会不好消化哦！"

原本有点情愫暗生的豆花，突然觉得这男的太小家子气了，自己吃多吃少他也看到了？豆花心里叹了一口气，果然是命中注定没女朋友啊！等等，为什么自己会确定对方是单

身？胡思乱想的豆花也没理这个黑脸小男生，一转身就没入
了嬉闹的人群当中。

　　当天聚会结束以后，豆花有点儿走不动了："这破凤凰
酥的确很难消化，哼，可是这个小黑脸管得着我嘛！哎，我
要不要打个车呢？走路就二十分钟的距离，应该也可以吧，
就当消化食儿了。哼，小黑脸，管的事情还挺多！"

　　豆花就这样一边神经兮兮地上演内心戏，一边慢吞吞
地往学校走，还没走几步，一辆机车就停在豆花面前，豆花
抬头一看，小黑脸拿着一个头盔递给自己，有点酷酷地说：
"上来啦，我载你回去！"

　　哟哟哟，别看脸黑，还挺暖男，豆花心里想着，却装作
更酷的样子戴好头盔，上了车。

　　到了宿舍楼下，豆花的胃也不那么难受了，黑糖却变戏
法似的拿出一瓶茶饮料说："下次不要吃那么多了哦，会不
舒服的！"还是软软的港台腔，活了二十几年的豆花突然觉
得这种语调很好听，连当年看《流星花园》的时候都没有这
种感觉。

　　后面的故事自然而然地发展下去，豆花和黑糖见面的次
数开始增加，从社团到食堂，从食堂到图书馆，从图书馆到
校园的各个角落，然后走出了校门，开始真正去看这个豆花
从未好好感受的城市。

　　我基本不相信人的气质仅仅因为外在的影响就有所改
变，特别是像豆花这种有主意且固执的姑娘。可是从台南回

来，我见到的豆花，居然有那么一点儿不一样了。眼前的豆花依旧粗声粗气地讲着这段时间的琐碎，不经意地蹦出几句笑点十足的吐槽，可她的笑却如往昔一般明朗，没有做作，也没有隐藏。

餐桌之上，偶尔和黑糖之间一个眼神的触碰，让我惊讶地发现，用温柔来形容她也未尝不可，虽然一口东北话的她和一口港台腔的黑糖在一起有点违和，但这并没有什么不好。这姑娘从一开始就是如此，在这个爱意十足的人面前，她依旧毫无压力地做着最真实的自己。

回去的路上，我揶揄豆花，笑问她之前那个信誓旦旦不谈恋爱，特别是不在异乡恋爱的姑娘哪儿去了？豆花问我："老铁，你说豆腐脑是咸的好还是甜的好？"我当然知道，对于豆花这种味觉坚定主义者来说，豆腐脑当然要咸的。

豆花说："以前，我从来都觉得甜豆花这辈子我都不会接受。有一天，外面的温度要把我烧着了，黑糖就带我去了一家小店吃甜品，他说他妈妈怀孕的时候最喜欢那里的黑糖豆花，因为自己生下来就不白，他爸爸还戏谑说是他妈吃多了黑糖豆花，所以家里人就管他叫小黑糖。那天我吃过之后，就对这玩意儿念念不忘了，小黑脸还对我说，最好吃的黑糖豆花来自他老妈的厨房。把泡好的豆子磨成渣子，用火煮成豆浆，加些许卤水点成豆花，最后放到冰柜里冷藏。再在豆气十足的炉灶上慢慢熬一锅黑糖水，加点桂花则芳香四溢，连豆子那点腥气都没有了。这时拿出冰镇好的白豆花浇上黑糖，酷暑之中也只剩清甜。谁说豆花就一定要咸的好呢？有时候你以为的你以为，还真就不是你以为！"

　　我们常常在心里给自己那点固执的想法找一个坚持的理由，然后又在某一天，突然发觉凡事无绝对，太多曾经的想法在当下显得愚不可及，走了一辈子的路居然可以掉头。就像我们的味蕾可以重置，我们的心境也可以改变。吃一份什锦寿司要用一片生姜来品到不同的鲜香；尝起司拼盘要靠果酱才能发掘不同的馥郁；甚至挑选香水的时候，还要用咖啡清鼻才能辨识几款香氛的不同。

　　重置的味蕾，可以帮人们发现不同的惊喜。忙忙碌碌为了生存，那些自以为是的坚强或许不过是一种伪装，机缘巧合之下的相见，如同干柴遇到烈火，金风玉露一相逢，便胜却人间无数。若一路偏执下去，或许只能和幸福擦身而过。

　　写这个故事的时候，豆花和黑糖已经在美国登记结婚了。小视频里，豆花正在指挥黑糖给她做小鸡炖蘑菇，我估计他们的晚餐可能就是小鸡炖蘑菇配汉堡也说不定吧！

　　　　立场坚定是两个人维持感情的必备要素，决定了的事情就不可以改变，友情如此，爱情也一样。

幸福
的白粥

食材：

白米 清水 碱粉

步骤：

1. 将白米在阳光下晒出米香
2. 简单清洗后加入清水烧制沸腾
3. 喜欢粘稠口感可加少许碱粉
4. 再次煮至翻滚即可

幸福
的白
粥

去年在北京出差，恰好赶上收获的季节，一个定居北京的朋友邀我去她家品尝美味，我很好奇是什么美食，这姑娘告诉我说是老家快递过来的新大米。

一年成熟一次的大米，仅仅打开袋子就是扑鼻而来的稻香，深吸一口，整个胸腔都是满足的甜。朋友说，这是阳光照射之后才能散发出的馥郁，若是少了晾晒，即使雨水丰沛、精心种植，也达不到如此饱满的程度。

我笑了笑，眼前这个姑娘说的话细细品味起来，倒是有几分禅宗的意味。哪里只是稻米而已，这世上沟壑最多的除了山川峡谷，还有人心。没有阳光的照射，骨子里的东西总是没办法平铺直叙地肆意展开，像极了这世间形形色色的人。我问朋友，今天吃些什么呢，姑娘说，就吃白粥好啦！

对于万千食客来说，这新鲜的大米，仅仅是做成米饭细细咀嚼也有无限的回甘，有的国家甚至单独拿出白米饭作为一道菜式推向餐桌。而对于平凡的人们来说，新米做成的米饭若是配上色泽分明的家常小菜，口腹之欲连同内心的幸福感想必足以"爆棚"。

作为难得与这个姑娘见一回的我，来不及说什么过多的话，仅仅是想想即将入口的美食，便已经食指大动了。我开始琢磨，到底是热油浇在红辣椒上的水煮鱼还是煨过的一方东坡肉配米饭更为合适？而姑娘却告诉我："三月天气干燥，万物生长，连同人身上的那五脏庙可都是缺着水呢！这一顿粥就跟施肥是一个道理，不吃也可以，可是吃了呢，你这一整年都会看着水灵灵的，灿若桃花！"

我看着她钻进厨房忙活的样子，不禁想到，与这煮白粥的姑娘已然相识了六年。虽然当初因之结缘的人早已散落在人海，但我与白粥姑娘却仍然能保持默契的联系。无论何时，我若找她，电话那端她总是在的。而在这个社会生存久了，我时常连抱怨的气力也无几分，每当以为姑娘会和我寒

暄几句然后客套地说改日聚聚这种话时，她都会告诉我，若
是有空，可以随时去她家吃饭。

　　我心知，对于这个姑娘来说，她的邀请并没有什么客气
的成分，只是单纯地愿意与我闲叙二三罢了。

　　这世间，有的人就如同白粥一样，平日里吃饱穿暖、衣
食富足时，总是想不起来的。难得想喝的时候，也一定可以
寻到，或者自己做起来也毫不费力。关于这样与朋友的相处
方式，白粥姑娘说过，她早已习惯了，谁也没说好朋友就要
天天腻在一起，自己的日子还是要靠自己去慢慢度过。

　　想想昔日好到穿一条裤子的故人，现在或许仅仅只是
个熟人，没有价值便很难再吸引到更多的伙伴。我们生来孤
独，却并不需要依赖他人共同面对漫长的时光。就像一碗简
单的白粥，偶发饥寒病痛的状况下，总是有想起的时候。而
对这种仿若白粥的人来说，自己一个人独处的能力与内心的
丰盈才是最好的伙伴。如果自己本来就过得无趣，多个朋友
也只是多个一同无趣的伙伴而已。

　　我看着白粥姑娘满窗台的花花草草、塞得满满的书柜还有那
个装备齐全的小厨房，突然有点向往那种我很久没有试过的简单
而充实的独处时光。正想着，白粥姑娘就喊我快点坐下吃饭。

　　实木的餐桌上铺着棉麻桌布，铺满桌的餐具花色各不相
同，却和菜式搭配相得益彰。清粥小菜在这个空气略显干燥
的季节里，是不同于大鱼大肉的诱惑。烟熏的老腊肉入味十
足，切成细丝后，再用大火炒起最嫩的春笋；水中捞出的脆

藕与麻油和辣子相结合，炝好装盘活色生香；还有就是活蹦乱跳的虾子剥去皮，挑出虾线，热油滑出锅的鲜香芙蓉蛋，此外姑娘还特意用四方小碟装好几样可以浇在粥里的细碎食材，让我由着喜好随意选取。

围在中间的便是今天的主角——白粥。用清水冲洗掉大米表面的灰尘即可入锅，姑娘说如果反复洗到最后连淘米水都清澈见底，那绝对是暴殄天物了。既然烹制的时间足够，那么不妨用厚盖大肚的砂锅加足够的水熬煮，中途不需再加水，以免破坏口感。仅仅听着她说，我就知道她的一颗心早已如同深入池底的鱼，沉静而平和。因为她熬粥总是喜欢先用大火烧开锅，再转成小火，任锅中咕噜咕噜沸腾一个下午。这一锅的白粥看似简单，所费的心思却并不少。

姑娘说，快试试，这煮粥用的是我新买的砂锅，刚好拿回来就煮粥用了。曾经听人提起过，新买的砂锅用淘米水浸泡是最好的，米汤渗进瓷器里，能够填补分子间的空隙，这样锅就会被滋养得结实而且漂亮。我看着砂锅冒着热腾腾的白雾，恍惚之间，一个转念，又想起了白粥姑娘和我认识的那年。

白粥姑娘的初恋和我的前任是舍友，而姑娘和我的前任又恰好是高中同学，缘分这事儿在小城市总会显得更加妙不可言。因为第一次见面是在饭桌上，我看到的白姑娘温柔大方，所以后来怎么也不肯相信我的前任对白姑娘的描述：他说高中的白姑娘是个极为暴躁的危险人物，逃课、打架对她来说不值一提。

当年我见到的白姑娘，斟酒布菜，巧笑颜兮，在座的男

生都对白姑娘的初恋羡慕不已，而女生则有点嗤之以鼻，至
于初恋，则完全是一副理所应当和满不在乎的渣男形象。如
果说男人永远是长不大的孩子，我想白粥姑娘的初恋大概永
远都是婴儿的状态。白姑娘和初恋在一起的几年，我们亲眼
见过渣男无数次对她的颐指气使，吵闹过后，朋友们的态度
从一开始的劝和变成了后来的劝分，白姑娘却还是义无反顾
地和初恋在一起，就像后来义无反顾地离开一样。

刚和初恋分手的时候，我问白粥："这个渣男已经知道错
了，马上要变好了，你何苦把自己种出的果实拱手让人？"

白粥说："不喜欢了，和他多待一秒我都浑身难受。"

我说："不喜欢了你还何苦哭成好几层眼皮，跟个巴西
龟似的！"

白粥一边擤鼻涕一边说："老子心疼的是那几年的自
己！哭一哭就当给过去奔丧了，以后重新做人！"

我继续问："为什么之前全宇宙都反对的时候不分手呢？"

白粥说："我的个性签名已经用了很多年，你可以看看。"

我好信儿去找，只见上面写着："请用一个词形容自
己——叛逆。"

回过神，我看着佐料小碟中的芹菜丁、脆油条、虾米
碎，舀一匙到自己的碗里，纵然百般滋味，烘托的也终究是
一开始那碗氤氲香气的白粥罢了。我们最终要了解的滋味，
也不过是这碗最开始的白粥。

有的人无论怎么改变都会遵循最初的自己。就像白粥

姑娘，平日里不言不语地默默成长，现在看来，与同龄人相比少了许多狐假虎威的轻狂，让她显得再平凡不过。可我知道，这样的人永远不会抹杀自己骨子里余下的那微不足道的叛逆，妥协可以有，但不会一直有。

清粥有小菜搭配可能才显得滋味十足，我们平时却往往忽略那种事物最本真的一面，比如记得哪家粥铺的哪道卤味酱香浓密，或者哪处摊子卖的咸菜清爽入味。真的到了说起一碗白粥，却想不到它味美在何处，只是已经成为一种习以为常的吃食，不知不觉间早已深入人心。

再简单的一锅白粥，也可以熬出深入人心的滋味，再复杂的人生，也可以过出岁月静好的情怀。对于白粥姑娘来说，这不是矫情，也不是伪善，这才是她最唾手可得的平凡生活。无论摸爬滚打出了怎样的盛景，她终究还是要回归这样的平凡。抓住能抓住的东西，哪怕一碗普通的白粥，才是这姑娘看似普通的人生里，最睿智的选择。

一席餐毕，姑娘问我可还满意？我点点头告诉她，给我装点大米回去，这样轻易就能获得的幸福，我一定要打包！

没有阳光的照射，骨子里的东西总是没办法平铺直叙地肆意展开，像极了这世间形形色色的人。

酸辣粉与绿豆沙

食材：

绿豆 冰糖 清水

步骤：

1. 将绿豆放在水中浸泡24小时
2. 轻轻揉搓即可将绿豆表面的豆衣去掉
3. 将去皮的绿豆放置锅中蒸熟
4. 用汤匙或捣药杵将绿豆压成沙状
5. 清水加冰糖烧开后放入绿豆沙
6. 搅拌均匀后熬至开锅即可

酸辣粉与绿豆沙

　　我在古朴的南方小镇上吃到了最美味的酸辣米粉，也正是在那里，听到了阿清和桂桂的故事。

　　桂桂是小镇酸辣粉铺子老板的女儿，清仔是小镇粉坊老板的儿子，两家这种必然的合作关系让桂桂一直觉得，自己这辈子和清仔是分不开的，虽然不知道结婚生子和举案齐眉是什么意思，可是桂桂就是喜欢清仔围着自己绕啊绕，一直到自己老了，变成卖绿豆沙的陈家阿嬷那样不能跑来跑去的时候，清仔才会停下来，坐在自己身边，一起看看天上的月亮或者数水坑里的星星。

小镇上的美食多种多样，在这里生活的人们的故事，也因为这些美食而变得多姿多彩。有大婶掀开热乎乎的笼屉，在大团大团的白雾里，捧出颜色金黄的红糖年糕；淋上蜂蜜，用温热与甜糯暖一暖刚醒来的胃肠；或者在大叔忙碌的背影之后，叫一碗食材丰富的胡辣汤，看着鸡蛋与胡萝卜随同千滋百味的辣子在碗中缠绵，随后吃完，大汗淋漓，食客直呼过瘾。

桂桂说，清仔去陈家阿嬷那里买回绿豆冰沙的时候，看到了和伙计来送醋的喜娘。那就是故事的开始，而那也是清仔长到19岁，第一次看一个女人看到两眼发直。当时的清仔心里想，或许这就是电视上所说的"触电"的感觉吧？

虽然清仔书读得不多，不知道"吹弹可破、肤若凝脂"这种词儿，但是他觉得这女子皮肤白白的，且不说那双自己不敢直视的眼睛，就单看那露在袖子外面的半截胳膊，白得就好像豆房在清晨做好的琼脂豆腐，看几眼就冰凉凉地润了心。

我见过喜娘之后，也清楚地明白了，为什么这镇子上的男人们都喜欢有事没事去醋房走上一趟。那里，不仅仅有如甘醇、激发味蕾的醋，还有一样让人无限回甘的美丽的老板娘。

　　走在石板路上，想着桂桂后来给我讲的故事，我仿佛也回到了她16岁那年，仿佛卷入了略微相似的关于不可察觉的微妙感情的故事里。

　　在阳光的照射下，几滴屋檐上打下来的露水在喜娘脸上绽成八瓣，直勾勾地落在了清仔的心里。走出门，迎接清仔的桂桂看到了，火急火燎地跑过来，一边拽起清仔的手一边说："你个笨阿清，让你买个绿豆冰沙也这么久！"

　　换作平日里，清仔一定会满头大汗地向桂桂道歉，然后哄着她赶紧吃完这清甜的绿豆沙，再帮她擦擦鼻尖上沁出的小汗珠。好像十多年来，每一个闷热的夏天，桂桂和清仔都是这样过来的。桂桂有苦夏的毛病，她却早已经习惯在闷热的天气里有个呆子给自己买绿豆冰吃。

　　诚如桂桂的浪漫生活，在我们年少的时候，身边也总有个执着到痴傻的人，为了自己小小的喜好就忙东跑西，尽管彼此明白这样理不清的纠葛或许叫爱情，但是因为青涩，尚且不知如何处理。每个人，都或许受到过这样的宠溺，每个人也或许都如此一般为了一个人而付出着。我们就是在这样的时光中，慢慢习惯了一个人的陪伴，慢慢习惯了这种不可拱手让人的情感陪伴。

　　喜娘的出现，让桂桂变得不安起来。

　　以前，清仔每天除了粉坊就是在自家的铺子里，有时候是看桂桂把酸豆角从泡菜坛子里捞出来切成细细的碎米，有时候帮着桂桂把豆子用油炸成金黄的颜色，有时候把桂桂搽到厨房外面，自己在热气腾腾的水汽里，挑一筷子粉煮成晶莹剔透的模样。

而今，这铺子里，清仔的影子开始变少，取而代之的却是喜娘那送醋的伙计告假越来越勤，清仔则一脸义气地拍拍胸脯，陪着喜娘一起来给桂桂家的铺子送醋。

桂桂不喜欢喜娘，并不只是因为镇子上的大姑娘小媳妇们都拎着自家男人的耳朵，告诉他们离喜娘远点，桂桂觉得，自己可能更多的是瞧不上喜娘那种假惺惺的样子。听街坊说，这个喜娘是醋厂老板的远房亲戚，从大城市里来的女人一定是混不下去了，才会到这个小地方的，桂桂心里想。其实，这种瞧不上更多的时候被人们称为"妒忌"。

哪个女孩子会不去妒忌呢？纵使千帆过尽之后变成了女人，在家里相夫教子，老练地操持着生活，可内心的沟壑依旧无法被岁月磨平，因为那是自己爱的男人啊！所以对于有点出众的异性，女人大都隐隐地怀着敌意。女人之间，天生就是天敌，无论几岁，都是如此。

因为妒忌，桂桂和每个女孩子一样，开始莫名其妙地发脾气，可是又不肯放低自己一贯以来的姿态。曾经，都是被捧在手心里的公主，哪能轻易地对一个认定的人低下高傲的头呢？于是，桂桂开始不理清仔了，每次清仔来桂桂家送粉送醋，回应的都只是桂桂的一个白眼，然后她转身就走。有时候，桂桂看着街角陈家阿公在阿嬷大嗓门的催促里乐呵呵地洗着新鲜的绿豆，就好想揪住阿清过来学学陈家阿公的好脾气。

桂桂对我说，那个小小的自己，有时候看着阿清陪着喜娘过来送醋，那股酸酸的味道让她想掉眼泪。我听完，好像也看见了曾经在操场边的自己，看着自己暗恋的少年和别的女孩慢慢踱步的身影，而后咬着嘴唇不让眼泪落下来的情景。那最美的时光，也因为操场边的眼泪变得难忘。

尽管桂桂的家里做粉做了这么多年，可是桂桂还是不喜欢吃酸的，肉臊炒得香喷喷、油汪汪时，阿清会叫桂桂放点醋解解腻，可桂桂就是不喜欢。一碗粉都不想放一勺醋的桂桂，又怎么能忍着阿清送来一缸醋呢？所以，桂桂气呼呼地往后院躲。

虽然每次她都希望清仔可以追上来，只要追上来，哪怕笨嘴笨舌地说不好一句话，她这一阵子的委屈也都可以忽略不计，可是每次桂桂的眼泪都流了一脸，也没等到清仔出现。桂桂心想，这可能就是阿姐说的喜欢吧，每次姐夫要出门几个月的时候，阿姐都会一个人在被子里不出声地哭，就像自己现在这样。

暗恋的青葱岁月里，我们总是一面逃避，一面又疯狂地关注。那些QQ空间抹不掉的访问记录和闺密从别处带来的流言蜚语一样，都是无法否定的证据。桂桂虽然不理阿清，却对阿清的行踪一清二楚，甚至这种关注超过了自己对于做粉的步骤。然而，傻乎乎的清仔却并没有发现什么，他还是会陪着喜娘去山涧摘点野花野果，或者陪着喜娘去隔壁镇子上拿回提前几个月才能买到的点心匣子。

　　除了重口味的酸辣粉，这镇子上还有那清凉消暑的绿豆沙。热辣与清爽并存，酸辣与甘甜对立，我们的生活也是痛并快乐着的样子。桂桂从出生时起，就是吃着陈家阿嬷的绿豆沙长大的，夏天有放在冰窖里凉凉的冰沙，冬天也有刚出锅的热乎乎的甜沙。吃惯了绿豆沙的桂桂，在陈家阿嬷生病后也变得异常烦躁。

　　陈家阿公急得叼着烟袋锅在院子里团团转，桂桂好几天都没吃到冰凉凉的绿豆沙了。赤脚大夫这几天不知道去了哪里出诊，而陈家阿嬷显然不适宜连夜赶去县城的卫生所，桂桂看着躺在床上的陈家阿嬷，突然很担心以后都吃不到绿豆沙了。正惭愧自己白吃了阿嬷这么多年的绿豆沙，小院的门却被推开了。桂桂一抬头，看到了喜娘。

　　年少的我们总是无知地从一开始就轻易对他人做出判断，桂桂也是在那些鄙夷的眼光和自己的妒意里厌恶喜娘的。只是，那时候的小桂桂从没想到，这双天天在醋坛子里翻腾的芊芊素手竟然可以准确地找到阿嬷的血管，但是桂桂知道，阿嬷应该没有什么大碍了。看着鼻尖沁出汗珠的喜娘，桂桂开始有点儿后悔自己一直以来的敌意。这个年长自己六七岁的女子总是温柔地调笑自己几句，比起那些说话不知羞的婶娘嫂子们讨喜得多。

　　喜娘忙活完，就坐在石墨边上喝水。桂桂打量着她，突然发现，喜娘和自己这种整天就知道说"笨阿清，我要吃绿豆沙"的小丫头分明不是在一个层次上的！

很多年后，给我讲故事的桂桂坐在我旁边回忆起当时的喜娘，好像在回忆一幅美人图。阿清则插嘴说，当时的喜娘与桂桂就像绿豆沙和酸辣粉，一个甜，一个辣，在闷热的镇子上待得久了，只有冰凉的清爽才能解解心宽。而年少的清仔尚且没有发现桂桂对自己的冷落，却已经对桂桂这样闹人的丫头生出了不耐烦。

后来，陈家阿嬷被喜娘扎了几针之后明显好了很多，桂桂则是听她娘的话，不在铺子里帮忙，转而照顾陈家阿嬷，有的时候还要帮陈家阿公做些零碎的活计。每天天一亮，桂桂就陪着阿公把绿豆装进木桶里，哗啦啦的豆子在井水的冲洗下绿得格外分明。等洗好绿豆，桂桂就去伺候阿嬷吃早点，而阿公则会把豆子并着白布料包一同煮。闻见绿豆略有苦涩的气味儿，桂桂就跑去灶台前撇掉锅里的浮沫子和绿豆衣，再捞出豆子，等阿公来把它们杵成细腻的豆沙。

桂桂干活的时候，阿公常说阿清仔有福啦，家里给说了这么个能干的小媳妇儿。桂桂脸一红，被那绿豆沙衬得更好看了。这边桂桂忙得脚不着地，那边阿清依旧跟着喜娘跑前跑后，两个人从小到大也没这么久不见面。有时候，桂桂看着阿公往豆沙里放点蜜糖，心里开始想那个会叮嘱自己少吃甜食而又巴巴地买来摆在自己面前的傻瓜。

没有陈家阿嬷吆喝的绿豆沙，好像不似从前的口感那么饱满了，赤脚医生从外面出诊回来时这样说，说的时候喜娘也在。桂桂眨眨眼睛，好像自己那个傻乎乎的阿清有点多余。我们自己心里的假想敌总是喜欢在爱得如火如荼时，给心上人乱点几次鸳鸯谱，桂桂也同样不例外。

饶是如此，桂桂听说阿清依旧是每天愿意往喜娘那里跑。有时候，在街上碰见了喜娘，她都笑嘻嘻地说："好桂桂，再把你的小情郎借我一阵子吧！"桂桂每次都羞红了脸，啐一口，再把篮子里的东西塞给喜娘，转身就跑掉。

其实，这东西好多都是赤脚医生来阿嬷家看病时，托桂桂带给喜娘的。桂桂知道，赤脚医生喜欢喜娘，而喜娘也是为了这个赤脚医生才来到这个小镇子上的。只是桂桂不明白，阿清这个家伙跟着凑什么热闹，他一出现，就如同往绿豆沙里加油辣子一样多余。

陈家阿嬷的病好得差不多的时候，桂桂也回到自己家的铺子重新开始帮忙去了。忙过了午间的饭口，桂桂想回屋里歇一歇，却听见自己的娘和阿清的娘细细聊起了什么。桂桂竖起耳朵，只听见娘说："清仔到底是个好样的，去哪里做什么都不会差的！"这一听，桂桂突然慌了神，因为这个夏天的疏离，桂桂并不知道阿清又有了什么新的想法。

那一天，天边开始有黑云呼啸而来，眼看着就要来一场大雨，人们纷纷加快了步子往家里走，桂桂却满头大汗地跑出了家门。喜娘的醋坊大门紧锁，桂桂的眼里开始氤氲起泪花，她跌跌跄跄地走到街口，突然想起什么似的往赤脚医生位于山脚的小院狂奔。

桂桂好恨自己平时吃了太多绿豆沙，这一夏天可能胖了几两肉，跑得也慢了不少。眼见着豆大的雨点噼里啪啦地打在这个小小的人儿身上，却并不见她慢下来。桂桂只想快点跑，只想找阿清问个明白，到底他要去何方。

于是，越想越着急，桂桂却一个不小心栽倒在积满雨水的泥洼里，桂桂好想张嘴号啕大哭，哭个昏天暗地，可心里又有一个声音说，喜娘可是不会这样狼狈地坐在雨里大哭呢！桂桂撇撇嘴，想要爬起来的时候，阿清的伞已经遮在了她的身上。

气喘吁吁的阿清告诉桂桂，自己在赤脚医生的屋里就看到了桂桂，急吼吼地往桂桂这边跑，自己竟然也跌了一跤。天上的雨停了，桂桂刚要接着"下雨"，却被阿清逗得扑哧一声乐了出来，在泥洼里乐得直打滚。

长大总是在一瞬间，就好像总要有一场大雨来洗刷我们的心灵，洗刷在世间百态中挣扎之后沾满的尘埃。雨后的山脚下，空气清新得不像话，赤脚医生说这可比城里的雾霾好上不知多少倍，真该让城里人来这儿洗洗肺。

彼时，桂桂刚冲了身上的泥泞，换了一身喜娘的衣服喝着热姜汤，从镜子里看，喜娘正抿嘴痴痴地望着赤脚医生，而阿清则从镜子里盯着桂桂。赤脚医生还说，他和喜娘已经联系好了城里的上级单位，要在镇子上成立一个卫生站，其实喜娘就是为了自己和卫生站才回来的，在醋坊干活儿，也只是担心家里不同意才打的马虎眼。而那天阿清娘是来告诉桂桂家，以后送粉的生意留给阿清的哥哥做，阿清是想着自己开个醋坊，另辟蹊径的。

再后来，阿清包下了醋坊，桂桂一个人在粉铺子挑大梁，赤脚医生和喜娘照顾起了卫生站，陈家阿嬷依旧卖绿豆沙，陈家阿公也还是在阿嬷的吆喝声里抽着大烟袋。

桂桂慢慢地开始像喜娘一样温柔，喜娘反而因为在镇上久了而"辣"了不少。老人们说，桂桂长大了，桂桂心里知道，那一定是因为自己吃多了阿清买来的绿豆沙。

我听完桂桂的故事，也把一碗粉吃得连汤都不剩。拍拍满足的胃，我向桂桂连连道谢，谢谢她做出的这"我爱你粉"，也谢谢她给了我一个关于自己少女时代的故事。

面对人生中常常出现的麻辣诱惑，可能我们都需要一碗绿豆沙来使自己变得清醒，同样吃久了甜蜜蜜的绿豆沙，也要一碗酸辣的糖粉来刺激一下松弛的神经。

生活，永远都少不了酸辣粉与绿豆沙一般的相互调和，这样才更加有滋有味吧！

热辣与清爽并存，酸辣与甘甜对立，我们的生活也是痛并快乐着的样子。

两个人的 Espresso

食材:

咖啡豆 水

步骤:

1. 咖啡豆以手磨最好

2. 磨好的咖啡豆加入蒸汽咖啡机即可

3. Espresso的喝法很多，也可作为许多其他饮品的基础原料

两个人的 Espresso

　　我的朋友，叶青楚说："如果两个人的味蕾没有办法契合，那么心大概也很难吧！"我抿了一口Espresso，有点无奈地笑笑。虽然这个理由有点儿戏，可我知道这就是她和林正和结束这段感情的原因。

　　叶青楚和林正和是同一年出生的，林正和比叶青楚大三个月。那年春节，去外地上学的、打工的一群狐朋狗友纷纷回家乡过年，经过万水千山的关系之后，林正和和叶青楚这两个罕见没有恋爱过的小白人儿在一次聚会上被牵到了一起。当时，身边的朋友基本都处在恋爱期，认识前一天的聚会上，大家都在说给叶青楚相个亲吧，介绍个好男人吧。第二天，林正和就出现在了一个酒局上。

朋友说，林正和在圈儿内人品相当不错，有一份可靠的工作，只不过家境不好。

叶青楚这个人，其实要求并不高，真心没有嫌贫爱富，正是知道叶青楚这样的人品，所以牵线的人也才放心给他们情缘一线牵。

叶青楚当时刚刚大三，喜欢咖啡到着迷的程度，于是就去参加了很专业的咖啡师的培训。她心里想着，毕业了也许什么都不必做，回家来开个小小的咖啡馆就足够了。林正和的出现，让她刚刚学到的一技之长更有了想要展示的冲动。

有一天，叶青楚带着林正和去自己学艺的咖啡教室，特意给林正和拉了个四叶草的奶花，咖啡粉选了平时老师都舍不得用的深度烘培最细粉，怕林正和喝不惯，还特意增加了牛奶的比例。林正和喝完之后，若有似无地皱了下眉头，却没有说不喜欢。叶青楚想，男生不喜欢咖啡也蛮常见的，所以刻意忽略了林正和的那个表情。

　　两个人和别的情侣一样，牵手、吃饭、逛街、看电影。认识一年之后，互相到对方家里见了父母。

　　去叶青楚家的时候，叶青楚的父母很热情地招待了林正和。叶青楚的爸爸说："青楚这孩子，性子不好，脾气也急，我们都了解她。我们也希望将来有个人能像我们一样理解她、爱护她。她的脾气，如果能改，那也要慢慢来。"

　　又说："青楚想回咱们这边开个咖啡馆，这事我们会尽量帮她的，你看你是不是也回来找工作？"

　　叶青楚给我讲这些的时候，我很明白，林正和的自尊是不允许他向青楚家低头的，哪怕他在外面只是做一份朝九晚五的工作，也不会选择回到家乡做一个工作稳定的公务员，因为那样，他需要叶青楚家里的帮忙，那代表他的自尊心会受到很大的伤害。对于叶青楚极为出色的咖啡手艺，他尚且不愿意认可，又怎么会向叶青楚的家人妥协呢？

　　去林正和家的时候，他彰显了大男子主义。林正和还有一个姐姐，父母早些年做买卖攒了一小笔积蓄，却告诉叶青楚，他们都花在了女儿身上，言外之意，叶青楚和林正和若是在一起，他们也不会多给什么帮助，反倒是娘家人该多帮扶些。

　　一顿饭下来，林正和的姐姐问："谁埋单啊？"

　　林正和对叶青楚朝着收银台努努嘴，说了两个字儿：

"你去！"

于是，叶青楚拿着钱包乖乖付账了。饭后回到林正和家，林正和的妈妈喝了几口叶青楚拿来的茶，开门见山地说："我家这个小儿子也算是娇生惯养了，毕业之后肯定不会去做太累的工作。他现在实习的那个公司还挺想留他的，若是不回来就不回来吧，在外面闯闯总有赚大钱的机会！"

叶青楚现在也还会怪自己当年太傻太天真，没看出来林正和家里的意思，只是乐呵地说："阿姨，他想干什么就去干，我不会成为他的拖油瓶的，我一定做他最坚实的后盾。"

现在她跟我讲这些，我的尴尬癌都要发作了，这姑娘当时俨然一个傻白甜。

那年夏天，毕业后的叶青楚在自己的城市开了一家咖啡馆。文艺范儿十足的装修，加上她精湛的手艺，品质优良的咖啡豆，都给这间咖啡馆带来了红火的生意。但是，林正和却一直在外地，和叶青楚进行着不温不火的异地恋。偶尔赶在小长假，叶青楚就关掉咖啡馆，去林正和的城市看望他。

一个周末，林正和的妈妈突然生病了。林正和匆匆忙忙地请了假回来，带他妈妈去医院看病，而叶青楚也是一副准儿媳妇儿的样子，屁颠屁颠地陪着去了。排队、挂号、看诊、办手续等，这些事情叶青楚都亲力亲为，不知道的人甚至以为叶青楚是这家的女儿。

在医院，林正和看着卧床的母亲有点儿不忍心，说："不如，我回来吧，不在外面干了。"

林正和妈妈的脸色当时就黑了下来，一副马上要进ICU的样子，然后火气十足地说："你这个没出息的，以后你少跟我说要回来，你当我托人让你进那公司容易吗？这儿有什么勾着你非要回来？"

叶青楚听完这句话，也不是很舒服，就借口店里有事需要处理离开了医院。

晚上，林正和来到咖啡馆找叶青楚，叶青楚看到林正和烦躁的样子，又想起了上一次给他做的拿铁，于是就端上了一杯冰拿铁，上面还打了奶油和榛果。林正和却是喝了一口，淡淡地说了句："太甜了。"然后放在一边，再没有动过。

那天晚上，林正和一直在说看着自己亲妈生病，自己很心疼；说这场病就快花光了他的积蓄；说他爸哭着说自己没用，什么忙都帮不上，他妈病了一分钱也拿不出来；说他感动得也哭了……叶青楚只能安慰林正和，眼神掠过那杯咖啡，内心有点不安，转瞬即逝。

我问叶青楚，当时为什么把我的话当耳旁风？一个男人五十岁了还没有积蓄，说明本性就是自私且懒惰的，可那时的叶青楚就是替林正和的家人找理由、开脱，好几次把我气得从她的咖啡馆拂袖而去。

当时，林正和他妈生病住院，他天天去医院伺候着，叶青楚白天要去咖啡馆看店，晚上关了门就往医院跑。没多久，林正和的妈妈脸色就红润了不少，叶青楚却瘦了好多。而白天在医院看护病人的林正和，晚上就回家睡觉，叶青楚则留在医院照顾林妈的吃喝拉撒。

那段时间，林妈在医院需要的睡衣、袜子、鞋子等生活用品，以及爱吃的水果、零食和各种营养品，几乎都是叶青楚去买的。

那段时间，来看病人的亲朋好友以及临床的大妈都跟林妈说："你这个儿媳妇儿可真是孝顺啊，对你掏心掏肺的。"林妈却不情不愿地半天才回答说："还没结婚呢，不是儿媳妇。"叶青楚在床边坐着削苹果，邻床的阿姨没说话，林正和也没说话。

林正和虽然与叶青楚一直是异地恋，但是对叶青楚不算好也不算坏。偶尔说几句话，也算是体贴，毕竟没有长期相处，叶青楚也不知道那样的林正和到底好不好。那时候的叶青楚过得很辛苦，常常在咖啡馆算账的时候，算着算着就睡着了。于是，叶青楚开始喝Espresso，开始还是很小的一杯，后来干脆是用美式马克杯加点冰块，一喝就是一杯。那种苦味与酸涩，越来越多地积聚在她的胸腔里，但她说不清那是什么原因。她想，也许这就是爱一个人的滋味？既然已经付出这么多了，不如就这样走下去吧。

林妈病好了之后，林正和就要回去继续工作了。叶青楚考虑很久，终于决定把咖啡馆暂时关掉，为了爱情奋不顾身一回。做出决定之后，她和父母之间爆发了许久未有的世界大战。

叶青楚从小到大一直没离开过家，况且林正和的工作也不是个铁饭碗，有了今天没明天，这些道理，周围的朋友苦口婆心劝了个遍，叶青楚却一意孤行，十分固执。与其说是固执，不如说是叛逆吧！越不让做什么，就越要做什么，这是身为乖乖女的叶青楚最执拗的一次了。

"毕竟还没结婚，你跟着去了，名声不好，对你有影响。女人自己有点本领也挺好的。"林妈这话让人有点弄不明白其用意，可是叶青楚知道，妈妈说得没有错。因为前一天晚上，她听见父母房间里母亲的哭泣，以及对叶青楚的担心。

离开林正和家的那天，叶青楚关上门的瞬间就哭了，眼泪就像那年母亲河的水一样，丰润且急促。叶青楚想到了自己的爸妈对当时自己的离开会怀着怎样的心情。

叶青楚还是和林正和走了，她跟父母说，先去看看，再做决定。那段时间，林正和对叶青楚很好，在那个陌生的城市，叶青楚好像才真的算是谈了一场恋爱。只是好景不长，玩乐过后，怎样填饱肚子才是最现实的问题。面对每天四处碰壁还在不断找工作的叶青楚，林正和的姐姐和妈妈天天打电话表示自己的不满。她们又怎么会知道，叶青楚正骑着自行车暴晒于太阳底下去找一份工作，夜里常常在不明身份的人的注视下死命地骑着车回家。下雨了就甘愿淋着，走错路就自己再骑回来，而在她的这些经历中，林正和不是在加班，就是窝在家里打游戏。这些，都是叶青楚在这个陌生的城市里所得到的，一直被当作小公主一样养尊处优的她，把这人间疾苦算是尝了个遍。

半年后，叶青楚回来了。叶青楚说："我想家了。"

叶妈说："你还知道想家啊？"叶青楚沉默着，说不出一句话。

就这样，沉默和Espresso成了叶青楚当时无法摆脱的习惯，面对每一个人一次又一次的问询，问询什么时候结婚，她不知道应该怎样回答。她在重新开张的咖啡馆里躲着，躲着外面的世界。她的Espresso里开始加进各种酒，她的手指间除了咖啡杯的柄，还多出了一支烟。

叶青楚厌倦了两地分居，看不到尽头的日子。

叶青楚渐渐地了解了林正和的工作，发现真是没一点前途。挣的那点钱，尚且不够咖啡馆利润的一个零头。

叶青楚不希望林正和再打肿脸充胖子地守在异乡，她想和林正和一起经营自己的咖啡馆。

叶青楚希望林正和可以趁着年轻，为两个人的未来拼上一把。

可是，林正和却不敢自己做任何决定。他不知道怎么跟自己的父母交代。

叶青楚跟林正和到了谈婚论嫁的时候，开始涉及买房子和婚礼的问题了。但是，林正和的父母依旧是毫无感情地对叶青楚说："你们俩的事情我们帮不上任何忙，我们俩什么都拿不出来。"

林正和的姐姐则站出来说："那就不要买了，你们俩用自己赚的钱租个房子，反正我弟弟也不回来，都是你一个人拿。"

听着这些话，林正和依旧无动于衷。

叶青楚突然发现，原来她和林正和两个人的思想方面有那么多差异，一开始他不就是不喜欢自己的咖啡吗？为了林正和，她做了没多少咖啡成分的拿铁。到头来，她明白了，自己从一开始跟林正和就很难相处，何况又是异地恋。这段感情里，有太多的矛盾和困难。

从头到尾，这只是叶青楚一个人单方面在考虑，林正和还是吃得饱、睡得香。

那一年的情人节，林正和说要送给叶青楚送礼物。送了一个月，叶青楚什么也没收到。其实，我也知道叶青楚不需要什么，只要林正和的那份心就好。或者，让叶青楚知道他在这段感情里努力了就可以了。太多太多的事情过去，原来叶青楚不强求什么，但她只希望看到林正和有个想法。

叶青楚总是做着各种噩梦。结婚的时候不是没有婚纱，就是婚礼上林正和和他家人的淡漠。那段时间，我看到叶青楚的心一直不安定。她的咖啡总是做得有失水准，却一直自己捧着Espresso喝得如痴如醉。我也替叶青楚同林正和说过，但是这些只是让那个男人感到更多的不耐烦。叶青楚的亲密好友几乎都已经跟林正和讲过，可他总是无所谓的样子，说叶青楚想得太多。

叶青楚一个人在咖啡馆待了一天一夜，等咖啡馆再次开门的时候，她和林正和提出了分手，容不得林正和与他家人的一再挽留，这一次，很果断的样子。

叶青楚说，女人都是缺乏安全感的。在那种局面下，哪怕一个坚定的眼神，哪怕一句安慰的话，都足以让自己有理由相信未来的日子是有希望的，可是林正和却什么都没有。咖啡凉下来，温突突的口感实在太差，哪怕是加了冰的也好过这种不温不火、无动于衷的感觉。这样的咖啡，不如倒掉吧！

叶青楚选择了平淡的生活，不在乎自己只有一家咖啡馆，不在乎只能和好友在雨夜里小酌一杯醇香的咖啡，即使这样，依旧有着多于那份鸡肋般感情所带来的满足感。

　　这样，就这样。

　　叶青楚说："以前觉得经历多了，看爱情也不过如此。结果爱情这东西，却随着经历的增加而缩减了我们的幸福感。经历了越来越多的人，看到了越来越多的事情，就会有越来越多的不安潜伏在心底。在一个时刻，那些不安和悸动都爆发出来，那些所谓门当户对的借口或者是条件适合的理由，真的都不如选一个喜欢自己为他烹煮咖啡的人来得痛快。哪怕是苦涩的Espresso，也一样会让味蕾契合的两个人喝出幸福。"

　　　　　　经历了越来越多的人，看到了越来越多
　　　　的事情，就会有越来越多的不安潜伏在心底。

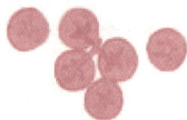

米饭鸡蛋饼

食材:

剩米饭、鸡蛋、面粉、葫芦丝、胡萝卜丝、长豆角、碘盐、色拉油

步骤:

1. 把剩米饭放在一个小盆里，之后把结了块的米饭按散开。

2. 打四个鸡蛋在里面。

3. 擦一些葫芦丝、胡萝卜丝，还可以切一些长豆角，放在已经搅拌好的米饭中，之后再放些面粉进去。加入适量水和碘盐一起搅拌成糊状。

4. 把平底锅搁在火上，放少许色拉油，中火，舀一勺糊糊放进锅里，用勺底在面糊上转圈，让面糊摊开成饼，就可以做成任何形状。

5. 米饭鸡蛋饼成形，于是中火转为文火，一面煎至金黄色，再煎另一面，然后多翻煎几次，至两面都焦黄就可出锅了。

鸡米饭
蛋饼

　　周末的晚上，若言告诉我，她和余上分手了，我赶紧拿出手机，查了一下日期，今天不是愚人节啊！他们可是朋友圈里长期的模范情侣，我一头雾水："不会吧？你肯定在逗我，说，是不是在玩大冒险？"

　　若言："真分了，喏，短信为证。"

再三确认是事实之后，我的心里像压着一块大石头，有着说不清道不明的痛。若言是我大学留下的唯一好友。她刚上大学的时候，就和余上恋爱了。

大一下学期，他们搬出去住。若言从娇贵的小姐一下"进化"成下得了厨房，上得了厅堂的全能神。我周末最喜欢窝在他们小小的出租屋里。她做的饭比食堂可口，比外面的饭馆干净，又是高颜值，每次去他们那儿吃饭，我都有一种想要被若言掰弯的冲动。

若言最擅长的是米饭鸡蛋饼。那会儿，每次她打电话告诉我晚上吃米饭鸡蛋饼的时候，我都会逃了晚自习跑到他们小小的出租屋。

若言把中午剩的米饭放在一个小盆里，之后把结了块的米饭按散开。因为我们是两个女生，一个男生，她每次都打四个鸡蛋在里面。女生每人一个，男生一人两个。

她细心地擦一些葫芦丝、胡萝卜丝，大多数时候还会切一些长豆角，放在已经搅拌好的米饭中，之后再放些面粉进去。加入适量水和碘盐一起搅拌成糊状，我有一次问若言："糊状有太多状态了，到底是像汤一样的糊状物还是几乎搅拌不动的糊状物？"

她说："凭我的经验，什么样的糊状物，最后都能做成功，但是那种稍稍能流动的糊状，最容易煎成形！"

把平底锅搁在火上，放少许色拉油，中火，舀一勺糊糊放进锅里，用勺底在面糊上转圈，让面糊摊开成饼，就可以做成任何形状。不过，我一直觉得朴素的圆形最有感觉。

米饭鸡蛋饼成形，于是中火转为文火，一面煎至金黄色，再煎另一面，然后多翻煎几次，至两面都焦黄就可出锅了。

若言每次都会先把煎好的米饭鸡蛋饼切成小块，放在盘子里，接着我和余上拿着叉子狼吞虎咽起来。

有了我们这两个顶级大吃货的支持，每到一个地方，若言不去看风景、逛景点，甚至女生最爱去的服装店也不去。她最喜欢逛当地的菜市场，看到什么新鲜食材，都会想方设法地打包回家，给余上和我做一顿让我们赞不绝口的美味佳肴！

转眼四年过去了。余上工作了，若言考研了。余上拼命工作，想给若言一个看得见摸得着的美好未来。每一次若言给他打电话，他不是在应酬，就是在加班，甚至很多时候，她电话还没有挂，他那里已经起了鼾声。

年轻的时候，我们自大任性，觉得自己做什么事情都会做好，想做的事就一定要拼尽全力，对喜欢的人更是奋不顾身，想要他知道一切，结果却总是越亲密越远离。

随着年龄的增长，也慢慢知道，很多人越是竭尽全力，越是无所获得。

男生在爱情里，最需要的是信任；而女生在爱情里，最需要的却是关心。

眼下，余上没有当初对若言的挂心，又加上初到公司的压力，每次来找若言都是满满的负情绪，他再也没有足够的耐心和时间去等若言的米饭鸡蛋饼。若言也越来越感受到余上身上的"低气压"。

在快节奏的社会，谁还没有点"二手压力"？在外面受到压力，因为一些鸡毛蒜皮的小事对另一半发火，有时真是难以避免的。

夏威夷大学心理学家哈特费尔德通过一系列研究得出结论：女生因为天生更多的"敏感细胞"，更容易受到"二手压力"的影响。

若言真的不理解，谈恋爱结婚，不都是为了让双方更好地生活吗？如果对方天天负能量爆棚，两个人在一起，厌烦多于甜蜜，焦躁多于安静，在一起还有什么意义？

几天冷战之后，再三犹豫的若言提了分手，没想到余上爽快地答应了。

原来，冷漠和不耐烦造成的隔阂比吵架严重得多。

看着有气无力的若言，我平静地表示，分手是对的。我一副老学究的模样对她说："二手压力特别损害身心健康，受到压力后，肌肉张力会增高，时间一长，轻则会引起头痛，重则骨骼肌疼痛，并且很多时候，二手压力会让你呼吸变快，更加紧张……"

　　我还没有说完，她突然打断我："你还想吃米饭鸡蛋饼吗？我快两年没做了，今天为你重新主厨。"

　　我还没有回答，若言直奔厨房，把煤气打开，火苗"呼呼"地蹿了出来。

　　她麻利地把花生油倒入锅中，等到油八分热的时候，我赶紧把盘中的豆角递给她，她看也不看就直接倒进锅中，又从碗柜里拿出锅铲，炒了起来。

　　她使劲挥舞着手中锅铲，我看得目瞪口呆，"疯狂的锅铲"！结果，米饭炒得满锅都是，甚至很多米饭都炒到地上！

　　我赶紧把她拉出厨房，我怕下一秒她就把厨房炸了。

　　在客厅，若言一脸无辜地一直道歉，我本来以为她是故意发泄，才会把米饭炒得到处都是。看着她抱歉中夹着很多慌张，我暂且原谅她刚才的小疯狂。

　　若言有气无力地对我说："对不起，很长时间没做米饭鸡蛋饼了，我以为越用力，炒得越好吃，没想到把饭弄得到处都是。"

　　我从来不怀疑若言做饭的技术，她这一次太急躁，心在半空中悬着，身体怎么可能听话？

　　若言开始了无休止的失眠，每天晚上陪伴她的不是酒精就是安眠药。

　　我看了余上给若言的分手回复："相离之后，更莫相憎。一别两宽，各生欢喜。"难怪若言心酸得一塌糊涂。这段爱情，岂止遗憾? 简直悲壮! 一片真心无从托付，看似文艺的结束，实则满满的都是客气。

爱情不怕吵吵闹闹，说不定吵着吵着，一辈子就过去了，但最怕"相敬如宾"，两个人客客气气。

小时候，大人们经常告诉我们，努力吧，一定要努力，努力是一件好事情，所有的事情一旦努力了，绝对会有好结果。

父母几十年的阅历、对我们毫无私心的奉献，让我们把他们的话奉为人生宗旨，可是越长大越发现，人世苍茫，很多事情不是努力就会有好结果，比如爱情。

其实，爱情就像米饭鸡蛋饼一样，火候太小，白花花的一锅，不熟;火候太足，黑乎乎的一片，焦黑。

做米饭鸡蛋饼时，以为越卖力，饭就炒得越快，做出来的就越好吃。结果呢，用力翻炒，饭炒得满桌都是，甚至把米饭炒到了地下。更甚者，有的米粒已经变得焦黑了，有的还没有熟。这个时候，你怎么都挽救不了了，焦黑米粒已经把一锅米的味道都破坏了，那种苦味是加什么辅料都掩盖不了的，只能倒掉再重来一遍。

爱情来时，有一百分快乐;离开时，必定有一百二十分的辜负，因为快乐也是要付息的。

我一直告诉若言，只要方向是对的，我们可以慢一点，再慢一点。无论做什么，都要有重新来过的准备，请用心一点生活，再用心一点生活。

伊丽莎白二世，每当她感到"亚历山大"时，旁人准能在花园里找到她，她排解压力的方法是在花园里锄草，她的压力和草的数量成线性变化。

若言经过拖地、浇花，还有伊丽莎白式减压方法——锄草……终于找到自己的减压方法，干起了老本行——做米饭鸡蛋饼。

在一个个焦黄可口的米饭鸡蛋饼诞生之后，在若言懂得"得之我幸，失之我命"、懂得爱情是价值的互相体现之后，她终于找到了自己的欢喜。

"一别两宽，各生欢喜"，前男友的分手祝福，她做到了。以前总觉得时间走得太快，爱情跟不上，原来只是空荡荡的自己在原地踏步。

若言自己也承认，她给不出余上一个喜欢她的理由，她也曾无意听到余上对他前女友说的话："既然大家都没有本事，各走各路，才是最好的选择。"

历史总是惊人的相似，若言只会做米饭鸡蛋饼，大概也是余上口中"没有本事的人"吧？

在一次聚会中，若言遇到现在的老公，是一位高中语文老师。这位老师让她觉得，只会做米饭鸡蛋饼的自己也是有价值的！

爱情，是价值的互相体现。

现任老公，不但治好了若言的失眠症，随带把她的选择迟疑症、选择困难症、选择恐惧症……都治好了。她和现任老公无论何时都可以促膝长谈，这种爱情才是安放灵魂的地方。

没过几日，若言乔迁新居，让一切从头开始！

她减压的方式依然是做米饭鸡蛋饼，无论心情好坏，做的是黑是白还是黄，她现在的老公都会把它吃完。

若言老公常挂在嘴边的话是："米饭鸡蛋饼，虽然朴素，却饱含着做饭人对吃饭人的感情，不吃完对不起媳妇的深情。"

原来，两个人的幸福这么简单，你的付出我都有回应。

阳光从落地窗洒进来，屋里染了一地的明媚，窗外，繁衍了一树春色，浅紫色窗帘上的流苏慢慢飘动着。

爱久见人心，如今一切祥和。

爱情来时，有一百分快乐；离开时，必定有一百二十分的辜负，因为快乐也是要付息的。

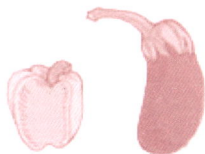

太极羹

食材：

杏仁粉 黑芝麻粉 糖桂花

步骤：

1. 将杏仁粉和黑芝麻粉分别冲至糊状

2. 用长柄大汤匙将黑芝麻糊由碗底呈迂回的手势倒入

3. 迅速倒入杏仁糊，填补碗中

4. 用细汤匙勾勒出太极阴阳的图案

5. 浇上糖桂花

6. 这个图案的把握需要练习，对于羹的粘稠度尽量以干为主

太极羹

五月的天气有点儿风云变幻，忽冷忽热的让人不知道怎么应对。这样的天气，若是有了些许闲暇，去吃一盏甜品润一润心肺，犒劳犒劳自己确实是个不错的选择。我的好朋友恰好开了一间甜品店，用一碗甜品打发一个下午的时光，我甚是欢喜。

朋友是个利落大方的人，无论说话还

是办事，都简单直接。我用蜡烛烧上一壶水果茶，她索性坐在我对面，素手磨起黑芝麻粉来。闲话过半，八卦却说不完，我倒上一杯水果茶，香气满屋，老板娘刚好也停下了黑芝麻的研磨，抓起一把杏仁细细剥起红衣。

　　朋友圈不停地刷新，我看见昔日一个共同的朋友发了个看似文艺实则藏不住炫耀的状态，有点鄙夷地说起了这件事情，转而又提出了心中的疑问："程老板，我想知道你们几个当年那么好，为什么就掰了呢？"高中的时候，她与我曾是不同班的校友，开始只是脸熟，上了大学变成同寝室的室友，自此关系一直维系至今。

　　只见姑娘淡淡一笑说道："这个世界上并不是所有人都能敞开心胸，真正祝福你的。"见我耐着性子等她解释，她也不多说，径自去厨房烧起两瓮水，滚起自己刚做好的芝麻粉和杏仁粉来。等这些糊糊溢出香气，就用长柄汤勺搅入几匙蜂蜜，再次开锅就舀进瓷碗里。

　　咕噜咕噜的锅不断冒着泡泡，我倚在后厨的门边，看她不疾不徐地干活儿，听她讲起17岁那年的故事。

　　高考结束的那个暑假，还不是程老板的程夏夏过得有点累，虽然已经暂离沙场，可是她并不轻松。程夏夏有颗七窍玲珑心，她知道在闺密这张考卷上，自己可以说得了零分。

　　碗里的西米露搅来搅去，西瓜诱人的粉红和牛奶散着寒气的乳白让程夏夏就是没办法下咽。一个月以前，程夏夏还和自己的闺密团窝在甜品店的沙发里，一面做着厚厚的模拟题，一面憧憬着考试结束后的疯狂。

那时候，程夏夏每天最开心的就是下课后和草莓、白桃以及橘子一起来这家甜品店厮混一会儿，好像在高考这种巨大的压力面前，这种彼此宽慰的时光就成了唯一的慰藉。有点怨自己的耿直，有点恨自己的粗心，程夏夏恨不能穿越回当时，告诉自己赶快闭嘴，别说那么多关于自己的初恋，也别说那么多关于自己的高考成绩。

那时候，屋外是令人窒息的夏天，屋里是冷气开足的爽快。甜品屋的当家人还是上一任老板娘，那个清爽的小个子姑娘总会在清晨买回最新鲜的水果，玉葱般的十指握着颜色饱满的果实，在流水中仔细洗净；锋利的长柄刀三下五除二就把它们切成规矩的小块；最后从冰格里取出白冰，一起丢到榨汁机里，打成五颜六色的果汁，一下子便满室馨香。甜品屋的老板娘记得，当第一次把几杯清凉的果汁装在托盘里，放在碎花桌布上时，几个女孩子就依着最爱的水果取名，那一幕像极了自己和挚友当年的情景。

本来就是青春懵懂的年纪，程夏夏虽然没有早恋，却也总喜欢多看几眼隔壁班的那个少年。程夏夏喜欢叫他如风，每次被草莓取笑这个称呼好土的时候，她都会翻个白眼说："你懂什么，我就觉得他是那如风的少年，从我面前一过就神清气爽，哪像你家小黑，看着就热死了！"

草莓心情好时会反讽几句，心情不好时就会阴阳怪气地哼几声。程夏夏有时候就后悔自己话多了几句，惹得草莓不开心，可是几句玩笑之后，一切又如平常。

程夏夏和草莓是通过橘子认识的，橘子说草莓和小黑从幼儿园起就是同学，绕床弄青梅，两小无嫌猜。每每说到这种青梅竹马的感情时，草莓的自尊心都会在笑闹中得到极大的满足。在场的每个人都知道，程夏夏心里想着的是那个隔壁班的如风。

其实，第一次见到如风的时候，程夏夏身边还有橘子。程夏夏为了踏进大学的校门，就在高三选择了去做美术生。除却日常在学校的复习外，她会去学校旁边的画室恶补画技。橘子就是程夏夏在画室认识的，刚开始的时候，两人对彼此的印象只是一个同校不同班的女同学。因为座位挨着，两个人就慢慢熟悉起来，再往后，她们互相叫对方是自己的"女神"，只有两个女神经病在一起的时候才最开心。每天放学，程夏夏和橘子会一起穿过永远在堵车的马路，再去人影绰绰的小巷子里吃几根串串香，最后到画室静心画上两个小时。

凉飕飕的冬天，放学后，天就已经黑了大半。串串香的小摊上，冒着大片大片的白汽，随着白汽钻入胸腔的是热烈又略带辛辣的香气。各色食材被小贩们串好，依次摆在汤底前，等着食客们挑选。

橘子拉程夏夏坐在一字长条凳上，看着面前翻滚的红汤，又喊老板要两份油碟和两瓶汽水，俨然是个常来光顾的熟客。新鲜的串串丢进锅，一开始还是硬撑在竹签上桀骜不驯的样子，随后就柔软地随着汤水起起伏伏了。

当程夏夏还在自顾自地用筷子挑丸子时，橘子却停下手里漏着水晶粉的汤勺，程夏夏一抬头，就透过这大团大团的气看到了停下的自行车——去筒子楼的如风。再回过神来，程夏夏只见橘子把漏好的粉放在自己的油碟里，好像刚才那个发呆的人只有自己。

也是从那天之后，程夏夏只要去画室，就一定会约橘子去筒子楼下面吃几根串串香。程夏夏隐约知道橘子闭口不谈的心事，但也知道这个年纪多是无疾而终的暗恋，所以她从不提起。

程夏夏的目标很简单，那就是考进普通学校的艺术专业，和白桃、草莓以及橘子这种要考专业美术学院的人比起来，其实更轻松一些。有时候，其他几个人还要去老师家里补习数理化，程夏夏却已经背着书包走出校门。

没有好朋友在身边，程夏夏看着正值落花时节的杏树，簌簌飘落的花瓣居然也有点萧条。她漫无目的地溜达着，也不知道怎么就走到了筒子楼下，她开始盯着那辆熟悉的自行车发呆。等她感觉到有人注意自己的目光时，早就羞得满头大汗了。因为如风正在二楼的栏杆上趴着，懒洋洋地盯着发呆的程夏夏。

"程夏夏，你是叫程夏夏吧？"如风被程夏夏傻乎乎的样子逗乐了。

"啊！啊？"程夏夏一时有些措手不及，这种场面完全不是和男神相识的场面啊！

"你干吗在这边犯傻，要偷我的车吗？"如风话还没有说完，就已经从二楼走下来。程夏夏不知道说什么好，看着越来越近的如风，她只好一咧嘴，问道："你要吃个串串不？我请你！"程夏夏惊慌的样子并不如书里写的那样，如小鹿一样让人悸动，反倒抓耳挠腮的像个猴儿。

那天的事情，在外人看来一直都是程夏夏主动的，可是天地良心，程夏夏后来在甜品店对几个好朋友发誓，自己当时真的完全傻了，所做的一切都是本能反应。讲完这些事情，几个人各自沉默，然后拿起笔又埋头写起了习题，没有人看到橘子的笔一直点在纸上，形成了好大一片墨渍。

和如风越走越近，程夏夏突然发现原来如风也注意了自己好长时间。是啊，如果没有注意，那他怎么知道自己叫什么名字呢？程夏夏并不笨，她感受得到如风对自己并不讨厌，只是一遍一遍地提醒自己，再坚持三个月，再坚持两个月，再坚持一个月……

高考结束的当天晚上，程夏夏和如风在花园的湖边散步，晚风扬起程夏夏的裙角，如风帮她将一撷吹乱的头发，扬起嘴角，对她做出了告白。两个小时后，程夏夏兴奋地把这条消息发在闺密团的微信群里时，却一直没有收到任何回复。

当晚，程夏夏带着笑入睡，好像不久之后那个发表的成绩对她来说已经不重要了。第二天，她就带着如风以男朋友的身份和伙伴们一起吃了饭。这顿饭吃得并不太舒服，可是程夏夏却不知道为什么。

没多久，在知了聒噪的叫声里，高考成绩发表了。程夏夏发挥很稳定，她如愿以偿地考到了本地的一所二本大学。而在接到白桃问询的电话之后，她也得知了草莓和橘子纷纷落榜的消息。敏感如她，她并没有耀武扬威一般地在微信群里说过话，而当她拨通几个闺密的号码时，无一例外都是一直未停的忙音。程夏夏知道，自己被她们几个拉入了黑名单。

"再后来呢？"我饶有兴致地问。

"再就没有后来了。"程夏夏也不回头看我，拿着长柄汤勺，在芝麻糊和杏仁茶里各捞出半碗，根据我对菜单的熟悉程度，一早就知道这个适合进补的天气，她是要给我做那道看似简单却绝对需要点烹饪功夫的太极羹。只见她手腕一勾一画，就形成了黑白分明的太极图案雏形。各边分别用圆勺点一点，太极的样子便栩栩如生了。

程夏夏把这碗黑白分明的太极羹放在我面前，说："这个世界上，很多事情都存在一个平衡。就好像人与人之间的关系，你可以过得好，但是你不可以比她们过得好，这就是你们之间的平衡。你不能说你们之间的友谊只是个笑话，因为希望你好是真心实意的，害怕你比自己过得好也是真心实意的。"

我一边听着一边小口吃起来，等那温热的芝麻糊划过喉咙，再用杏仁茶打开另一边的味蕾，这道太极羹细品之下纵然清甜，可杏仁的苦涩已经遍布味蕾，那苦涩是杏仁的气息中带来的，从鼻腔沁入了心间，仿佛人类天生带着的那点虚荣。

其实时至今日，我们都明白，纵然哭过笑过、吵过闹过，这么久了依然让自己难以忘怀的就是那些昔日的老友。从老友变成故人，往往是最遗憾的一种缘分。若是有朝一日可以重逢，明白人自会小心藏好自己的骄傲，只要露出自己生活中最凹凸不平的一面来就够了。毕竟早已不在一个圈子里，让他们知道，虽然这些年一路上还好，却也并没有那么一帆风顺的富贵命，如此换个对方的心理平衡，何乐而不为呢？

想到这里，我又吃了一口黑芝麻糊，略略带着焦香的绵软，虽然看上去体现不出来，但只有吃在嘴里的人才能领会其带来的满足感吧！一瞬间，我仿佛透过程夏夏身后的玻璃窗，看到17岁那年，在甜品屋外那个如风的少年停下自行车等着程夏夏一同去看更美的风景，虽然，那两个年轻人血气方刚、黑白分明，尚且不知道以后会遇见什么，虽然那时的程夏夏不知道能不能和老友重逢，但她一定是那个时候学会了，不过问或许也是一种对友谊的保护，幸福毕竟不需要什么放大，因为一切都是如人饮水——冷暖自知。

从老友变成故人，往往是最遗憾的一种缘分。

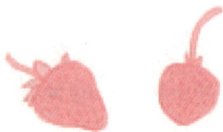

辣炒花蛤

食材:

花蛤 盐 白酒 蚝油 洋葱 姜丝 蒜末 香菜 干红椒

步骤:

1. 花蛤静置水中吐净沙子
2. 锅中入油
3. 油热后加入花椒和干红椒炒出香味后取出料渣
4. 加入花蛤，煸炒后倒入白酒少许炒至张口
5. 快速依次加入盐，洋葱，姜丝，蒜末继续大火煸炒
6. 加入蚝油和香菜待香菜味道散出后，出锅即可

辣炒花蛤

李多多给我打电话，说她要回来了，希望我可以用一盘辣炒花蛤迎接她，迎接她一段失败的感情。

个头大且扁圆的紫洋葱和大小适中的白洋葱是辣炒花蛤必不可少的配料，再放上一把新鲜的香菜，粗干大叶像极了那一年的李多多。

　　李多多这一段感情历时三年，从大四起我就没怎么见过她，因为那个时候的李多多就已经为了一场爱情奔赴他乡，以实习的名义开始了一段并不被人看好的感情。

　　李多多从北京辗转上海，前前后后不知换了多少份工作，住过的出租屋也是各种各样。我知道，这一次李多多告诉我她要回来，就一定是她的感情真的结束了。

　　肺部积郁的时候，辣椒总是可以一解忧愁，抓一把上好的映日红，一边切成细丝，一边想着李多多的这段爱情，此时的我不知不觉地就开始流眼泪。

　　说起李多多，作为大学同寝的她和我一直是形影不离的好基友。周围的人也都知道，这个李多多是个不靠谱且迷糊到家的漂亮姑娘，她的确有点大大咧咧，不拘小节。她可以和男生勾肩搭背或者称兄道弟，也能跟女生推杯换盏或者引吭高歌。她的社交能力很强，只是她的大大咧咧让我们自己寝室的姑娘们大呼倒霉。因为喜欢随手乱放东西，她总是丢三落四，不管寝室长怎么看着她，都没有办法保证她一个月不丢东西。而我和寝室的其他人，每天除了正常生活，最常做的就是帮她找东西。

　　大二那年，李多多通过学长的介绍，认识了同为老乡的林佳木。恰逢中秋节，这种"独在异乡为异客，每逢佳节倍思亲"的惺惺相惜，让两个寂寞且孤独的年轻人毫不犹豫地走到了一起。从此，李多多的人生里又多了一个帮她找东西的人。

　　熟悉李多多的所有人都很诧异，林佳木这种干净又斯文的少年，为什么就偏偏相中了粘上胡子就是个男人的李多多？可是，每次看见李多多和林佳木开开心心地约会回来时，我们又觉得，大概这样是为了相互取暖吧，也就半信半疑地放了心。

　　李多多喜欢吃辣炒花蛤，喝透心凉的啤酒，可是在遇到林佳木之后，她退出了一切曾经热衷的社交活动。

　　那时候，恰巧大家都在找工作，李多多的身影不常出现在宿舍也是很正常的事情。我知道，李多多的坚强和独立不允许她过多地向人倾诉生活的艰辛，所以纵然她不常常打电话给我，我也就权当她一切顺利。偶尔我自己在大排档点一份李多多喜欢吃的辣炒花蛤，吃起来也是索然无味。

　　最后一次接到李多多的电话，是她告诉我要和林佳木去北京打拼，我没有问她那个说要回老家陪在父母身边看月亮的姑娘哪儿去了，只是告诉她如果想回来，就给我打电话，我会给她端一盘辣炒花蛤吃。

　　打拼的日子其实并不轻松，我偶尔能看见李多多在微博上发一段大骂领导的粗话，然后再删掉。有时候是李多多晒一晒她给林佳木做的三菜一汤，我扫了一眼就知道，这些全都是林佳木喜好的口味，没有荤菜红灿灿的颜色，入眼的净是绿色青菜与没有油花的清淡，一时间，我心里对林佳木那薄嘴唇丹凤眼的长相憎恨起来，这种男人最是凉薄！

　　我有点憋不住，打个电话过去问问她最近过得如何，电话里的她声音有点沙哑。

李多多说："小九，你知道吗，林佳木其实是有点大男子主义的。"

李多多说："小九，每天林佳木下班回家就死守在电脑前玩游戏，根本不理我。"

李多多说："小九，就算不理我，不帮我做家务也没事，可林佳木从不跟我谈未来！"

李多多的话一遍一遍回荡在我的脑海里，突然这时候的我说不出话来。李多多说完了这些，好像也算倒光了苦水，然后清了清嗓子告诉我说："小九，反正人生没有太圆满的，当初这样选择了，我李多多就不后悔，看来你的辣炒花蛤我是吃不到了。"说完，就在我的叹息里挂掉了那通电话。

待思绪收回来，我看着菜板上乖乖躺着的干辣椒丝，心里一瞬间涌上来一句"曾经沧海难为水"，可是我知道，那种"除却巫山不是云"的执着如果放在李多多身上，我更希望只是她一时冲动说出的情话，而非她为了林佳木浪费三年时光的理由。

花蛤已经吐好了沙，我又用盐水把它们洗刷干净，放在一边待用。用铁锅把油烧热，抓一把大红袍花椒，再丢入调味的各种辅料，大火爆炒，一时麻辣扑鼻，满屋子都是烈火油烹的厚重滋味。

那一年，李多多曾经这样告诉过我，"人生本就艰辛，只要活着就不会结束"。当时我在上海实习，而李多多恰好去上海出差。我们两个的重逢纵然又惊又喜，可对于李多多来说，则更像是一场逃离。关于林佳木的逃离，我终于明白，原来李多多和林佳木在一起的这一年背负了多么艰难的人生。

　　李多多和我说起那些和林佳木在一起的日子，说起自己的付出。一起出去旅行，深夜在机场看着他睡着，一个人独自看着行李等天亮；林佳木加班不回来，她就整夜整夜地不能睡；代替林佳木参加游戏公会的活动；在林佳木身边照顾他、陪伴他，每一次分歧都被斥责甚至以死相挟，哪怕是自己已经因为劳累而生病。每一次，李多多遇到困难打电话给林佳木时，都不能得到一句想要的安慰，甚至始终都打不通那个号码；她来到上海出差的时间并不短，可自从到了上海，林佳木从来没有主动给她打过一次电话……

　　当时听到这些，我很意外，然而我也知道，要不是喝多了，李多多是不会把这些事情告诉我的。她一边哭，一边问我："小九，你说我这样到底是为什么？啊？你说我这样到底是为了什么？"

　　我看着哭得一塌糊涂的李多多，陪着她一起哭，我说："李多多，你不是说林佳木能给你幸福的吗？那为什么你俩这么多年了，他连个像样的礼物都没送给你？"

　　记忆里，李多多是个很好哄的姑娘，每一次她生日，我们送给她礼物，她都会很开心地说："谢谢我最爱的你们！"然后把这些微不足道的东西小心翼翼收好，再标注：某某年年生日礼物，from亲爱的XX。可就是这样的李多多，却一直没有一个属于林佳木的礼物。李多多容易满足，或者说容易打发，她已经如此好哄，如此轻易就能收获暖心的姑娘，却在几瓶啤酒和一盘辣炒花蛤面前痛哭流涕。她说她付出那么多，需要的不过是一句温暖的话语，可这都难以如愿，她眼里的泪光让我觉得特别心疼。

李多多的酩酊大醉是因为长久以来的不开心，我知道伤心的人，喝酒最容易如此。看着她，我除了伸手握住她的手，陪她一起落眼泪，别无他法。最后趴在我怀里睡着的李多多，喃喃自语道："真希望，我从没有认识过林佳木，从没有因为他那句玩笑一样的话就陷入这种水深火热里。"

我知道，李多多与林佳木的第一次见面是在学校旁边的大排档里，当时林佳木看着李多多拿一盘花蛤吃得很香甜，可能只是随口说了一句："李多多，你要是我老婆，我一辈子都让你吃辣炒花蛤。"从小和妈妈相依为命的李多多，因为这一句无心的话就把自己托付给了不负责任的林佳木，这一托付就是女生最美好的那几年。我们都曾轰轰烈烈地爱过，刻骨铭心地傻过，但是那犹如飞蛾扑火的一刻终究只是日后不愿提及的过往。其实我们咬咬牙，总能做到敬往事一杯酒，再拍拍身上的尘土，从此不回头。

那天晚上，我看着面前吃剩的辣炒花蛤，只觉得李多多的生活被她小心翼翼地保护着，看上去鲜艳欲滴，实则只是一盘混合着酱汁和空壳的吃剩下的辣炒花蛤。

第二天酒醒的李多多好像完全不记得前一天的事情了，

　　她化着精致的妆容，准备去和客户速战速决，然后回北京去找林佳木。临走的时候，她对我说："亲爱的，别担心，没准儿哪天我想开了，就回去投奔你们这群姐妹儿，记得用辣炒花蛤迎接我！"也是那次离开上海之后，我开始研究怎么做好这道辣炒花蛤，我等着李多多回来，用这浓厚的鲜香抹去她心里的苦涩。

　　把大红袍花椒爆出香味，再加上辣椒和姜蒜爆炒，接着倒入用郫县豆瓣等配料混合而成的酱汁，小火烧至酱汁微开，再把花蛤全都扫进锅里大火爆炒，用全身的力气颠几下勺，中途放洋葱一众辅料，临出锅了再撒一把香菜进去，最后就可以装盘了。这道辣炒花蛤有很多种做法，但是我想只有这个顺序——由青涩到入味，才是最能让李多多吃得欢喜的味道吧！

　　亲爱的李多多也许想通了，一段好的感情也许不一定能让人始终快乐，但至少是让人心甘情愿地共度甘苦。纵然他的口味多清淡，若是爱你，也舍不得你口中吃得寡淡。倘若只有你一个人为了林佳木赴汤蹈火，他却无动于衷，甚至只是贪婪地索取，那么这段感情想必是无法长久的。你就像那油锅里的花蛤，不管怎么疼，也再不能有什么退路。慢慢地张开你保护自己的外壳，任由生活的油盐酱醋渗入你的心里，把你弄得痛不欲生，最后只能麻木地失去全部意识。

　　一盘辣炒花蛤出锅，寝室另外几个人也陆续抵达。

　　老大说："李多多下一次再恋爱，我非让他学会这道菜，好牢牢把这妞拴住不可！"

老三赶紧接着说："嗯，别忘了告诉他，大迷糊李多多不喜欢吃海带，最爱的是冰镇西瓜，吃完再撸几个羊肉串，然后整夜跑厕所！"

我知道，李多多虽然一直不在我们身边，却从没有离开我们的世界，或许这就是老朋友最让人羡慕的地方吧！

话音刚落，李多多就按响了门铃，我打开门，对拎着几瓶冰镇啤酒的她说："欢迎李多多小姐重返人间，辣炒花蛤和幸福都已经准备好，就等你了！"

若是没有好的爱情作为收获，及时放手则是最聪明的选择。只要用心抓住，那么无论多久，幸福总会抵达。

我们都曾轰轰烈烈地爱过，刻骨铭心地傻过，但是那犹如飞蛾扑火的一刻终究只是日后不愿提及的过往。其实我们咬咬牙，总能做到敬往事一杯酒，再拍拍身上的尘土，从此不回头。

光
阴
居
酒
屋

家常蛋卷食材:

鸡蛋 葱花 油 火腿丁

1. 平底锅烧热后加入花椒面

2. 香味儿溢出后倒入搅匀的蛋液

3. 半凝固状时撒入葱花和火腿丁

4. 迅速将蛋饼卷起，微凉后用刀切成2厘米宽即可

5. 可按照喜好加入不同辅料

光阴
居酒屋

　　我的朋友新开了一家居酒屋，邀请我去试菜。朋友说："什么时候来都好，下了夜班来最好。"

　　我突然意识到，在我为了保持身材而放弃晚上六点之后进食的原则后，晚上的时间都没有任何滋味。时间久了，就算晚上拿起手机约上三五老友一起吃饭闲聊，得到的也是已经吃过了的答案。没有办法，只好继续选择无奈地回家。

有人说：食物，以及和人分享食物的时间，似乎是很重要的事情。我好不容易得到了这样的邀请，则欣然前往。

朋友的这家店叫光阴居酒屋，"为什么要取这个名字呢？是为了旧时光吗？"我问道。

"其实不是这样的，你想听听我的故事吗？"朋友缓缓给我倒了一盅酒，显然是要说个故事了。我浅酌一口，准备洗耳恭听。

"我曾经，去过一家同样的店铺呢，名字也叫光阴居酒屋。"

"是菜式很不错的类似深夜食堂的那种吗？"我对和风料理并没有太多好感。

"差不多吧，先听我说完！"朋友对我的打断有些无奈。

"抱歉啊，那么你继续说吧！"我手撑着头，边喝起不知叫作什么名字的酒边说。

"那一年，好像天天在下雨，真是多雨的夏天啊！"朋友也拿起酒杯陷入了回忆。

"我好像要准备去念大学了，离开这座城市，离开家乡，离开父母了，多少有点感伤。临走前有人带我去了那家居酒屋。"朋友的眼神仿佛直通当年的时光机器，有点迷离。

"走了好远的路，只记得回到我小时候住的大院了，在周围的胡同拐来拐去，竟然到了一家我也不知道什么时候开起来的小酒馆。我当时还问同行的人'这是我搬家之后才开的吧，也许是认识的老邻居开的呢'。同行的人笑了笑，说'大概是很熟悉的陌生人吧！'"

我知道朋友从小在祖父母身边长大，是中学之后才回到父母身边的。

"进了店，惊喜更多，那桌椅板凳，那摆件陈设，和我祖母家的用具很像，'是老物件怀旧风格啊！'我很惊喜地问。'嗯，是啊，老板也是不愿抹掉过去记忆的人吧！'同行的人回答我。"

我有点好奇，朋友的朋友我虽然不能全部认识，可是基本也听他念叨过，只是不知道这故事里说的是哪个？

"我们也没有点菜，记得老板端上来的第一个菜是厚蛋烧，我已经饥肠辘辘了，拿起筷子就开动起来。那个味道居然无比熟悉，我一吃就想起，那是我去世的祖母常常给我做的一道菜啊！味道和祖母做得竟然一模一样。"

朋友对他祖母的感情我是知道的，她祖父母只有她这么一个孙女，朋友的父母工作很忙，所以小时候她一直被祖父母养在身边，无论怎样任性，长辈们也都是尽量满足的。

"我小的时候，对食物一直没多大兴趣呢！可是我的祖母总会在厨房忙活一会儿，就端出这盘厚蛋烧给我吃。那时候虽然生活早就解决温饱问题了，可是做一个厚蛋烧却要用到并不便宜的食材。'是用最新鲜的土鸡蛋，配合时令的小葱做出来的吗？'我问道，'是啊，是啊，还有从哈尔滨带回来的老式火腿！'我记得那个上菜的人很高兴地回答了我。"哈尔滨的"老式火腿"一直都是去了一定要买的东西，在经济不景气的年代，那是很重要的物资。

　　"'锅里只用刷子刷一薄层油。摊两层饼刷一次油即可。或者，不喜欢油多，且不粘锅效果好的话，不刷油也是可以的！'我记得那个好像是老板也是伙计的人说，他说完我的眼睛就亮了，因为我的祖母就是这样做的。每次用少量的油，很有耐心地分为四五次做完。只有每一次摊出薄薄的蛋饼，才能保证数量足够。'整个过程还要用小小的火，在蛋液没有凝固的时候用勺子卷起来，是这样吧！和我祖母的做法一样！'我当时感到很欣喜，没想到时隔多年，还能吃到祖母的厚蛋烧！"朋友的眼睛亮晶晶的，满是回忆的脸上开始浮现笑容。

　　我忍不住问："只吃了厚蛋烧吗？"

　　"不不，当然不是！第二道菜可能你并不会喜欢。因为那居然是我去世的祖父常常给我做的菜呢！"朋友的脸红彤彤的，有些微醺。

　　"那是我祖母去世之后，祖父最喜欢给我做的东西了！大概他被祖母照顾了一辈子，实在不很擅长厨艺吧！所以总做最简单的炒土豆丝给我，用烧热的豆油加葱花和花椒面炝锅，这样的味道，有点豆油腥之外，大部分都是热乎乎的香气啊！"朋友的修辞能力实在不敢恭维，我却从最简单的描述里想象到了那菜的味道。

"因为我特别爱挑食，所以每次土豆丝要出锅的时候，我的祖父会放醋进去，说是开胃。'请问也是临出锅放点香醋吗？'我问老板。'是的呢，香醋可是炒土豆丝的精髓，而且这样会更加开胃！'老板说完又去后厨忙碌了。"朋友继续讲到。

我听得津津有味，开始追问起来："那么第三道菜是什么呢？"

朋友吃吃地笑着："这个嘛，说起来有点害羞。"

我已经有点等不及了："快点说啊，别卖关子了。"

朋友完全陶醉其中："是我第一次自己做的一道菜，烧茄子。那个时候，我们都是用铝制饭盒带饭的，所以能带一个自己做的菜，真是很了不起的事情啊！"

"我的第一次烧茄子，其实是为了做给同桌的男孩子吃的，我知道他很喜欢吃这道菜，所以回家央求了妈妈很久，她才答应在我繁重的课业后教我这道菜的。"

"那么你又吃到了同样的味道？"我觉得自己很聪明。

"是的，我妈妈说，烧茄子要把茄子和青椒切成匀称的段，在油锅里炸两次才行。然后再用酱油、糖、味精和蒜末调好汁，烧开后放入茄子和青椒。当然，我妈妈的烧茄子总是有一个秘诀。'那特别的酸甜是因为番茄吧？'我问老板，老板说'是的，就是番茄切好的小丁一同在酱汁里入味，所以才会这样特别呢！'我之后又吃了很多，心里激动又满足。"朋友又倒了一盅酒自顾自喝起来。

"哎呀，不要喝了，然后呢？"我追问到。

"然后？然后我就吃完饭离开了呀！只不过我再去找过很多次，也没找到那家店铺。"朋友说着眼神里流露出一点儿遗憾。

"那么你同行的朋友呢？他总可以带你去的吧！"

朋友叹了一口气："呵呵，我到现在都不记得，当时同行的人是谁了呢！问了周围所有那段时间有联系的人，都说不知道。"

"也许，光阴居酒屋就是为了让人们能够通过食物，回忆起曾经温馨且美好的时光吧！所以我一直想开个这样的饭馆，这不就实现了吗！"朋友点点头，示意我她要去厨房看菜，我　个人拿着酒杯陷入了思考。

胃和大脑一样，可以载满许多我们原本以为早就忘掉的记忆。常常在毕业之后回忆，曾经那个短暂的课间，也会有人飞奔出教室，只为了买回一份麻辣烫。如果赶上阴雨天气，不但不会阻断我们的步伐，还会激发去买麻辣烫的决心。往往在路上就耗了大部分的时间，然后再在课桌后面不顾烫嘴，三下五除二地解决辛辣刺激的一份汤水。甚至老师已经转过身去写起了板书，甚至满嘴被烫得发疼，还是那样无法抗拒。碧绿的青菜烫好之后柔顺地躺在鲜亮的红油里，新鲜的海带和雪白的豆皮也挂上了碗底的调味粉，味道入得十足，有时候口袋里的零钱足够，再加几串丸子肉食之类的，麻辣鲜香让人心底满满的都是爱。还记得我当年的最爱，是浸满了汁水的油面筋，一口吃下去，都是幸福感十足的汤头。即便时至今日，我想起那年课间的麻辣烫，胃依旧是渴望的，满口生津，直流口水。后来我也常常吃麻辣烫，但是带给我的满足却总是不及当年的感觉。

味觉是有记忆的，它帮我们记得更多的其实是在吃饭时的周遭。那种或明或暗的环境，那些笑着一起品尝美食的人们，一直伴随着我们的回忆，走了好久好久，可能穷尽一生也无法忘记吧！

"我下过一家让我难以忘怀的馆子，那是一家地道的及第粥铺子，及第粥和各种点心叫了个遍。只记得粥底食材丰富、汤头浓厚，点心酥脆适中，入口即化。具体还有什么我并不记得了，只是记得那么好吃。后来即便走南闯北也没有吃过那么好吃的东西。我让很多人陪我去找，找遍了那么多城市，却一无所获。好像不知道从什么时候开始，我再也找不到那些可以陪着我细嚼慢咽的人了，甚至连味蕾接近的食客都很难遇见，大家都是急匆匆的样子，也不知为了吃饭而工作还为了工作而吃饭。我的要求其实不高，哪怕连好好吃个粥，好好找到一个良心粥铺的时间也没有了。我有时候也很想问问'时间都去哪儿了呢？'"朋友给我端上几个菜之后又絮叨起来。

"所以你开这个居酒屋也是为了帮别人找回缺失的那段回忆？"我对着面前的厚蛋烧、土豆丝以及烧茄子流起了口水。

"你还不懂吗？记忆是不会缺失的，只是它会在那些好吃的面前才能现身，不然它们就会隐藏在这城市的大街小巷里，每个角落都是它们喜欢的藏身之地啊！所以，你还是快点吃吧，不然的话，下一次可能你也找不到这里了。"朋友和我调笑了几句，就去照顾别桌的客人了。

我究竟是怎么吃完那一顿饭的，后来我已经不记得了，甚至现在，我也忘记了那个朋友的名字和长相，不过，我想我总会在某样美食面前想起她来。

　　胃和大脑一样，可以载满许多我们原本
以为早就忘掉的记忆。

牛骨汤面

食材：

牛股 水 盐巴 老姜 水葱 酒 醋 萝卜 手擀面

步骤：

1,牛骨加水煮开

2.撇去浮沫，依次加入辅料

3,小火敞口熬煮

4. 放入萝卜熬至熟透

5. 手擀面另起锅煮熟

6. 捞出沥干水分加入牛骨汤即可

牛骨汤面

　　"她走了。"接到梵高先生的电话时，我一点儿也不奇怪，守着一锅热气腾腾的牛骨汤，喝得很满足。

　　"首先，把最新鲜的牛骨细细地洗干净，再用冰凉的冷水泡一个上午，中间换一次水，之后再把它们敲碎。冷水起锅，直接放入牛骨，煮至开锅，然后捞出牛骨，再撇干净锅里产生的浮沫和杂质。把牛骨再二次丢到锅里，放足够多的水，把火开到最旺煮开水。一定要不停盯着锅里，不停地撇去浮沫，然后再拿老姜切成薄片，水葱切成均匀的细末，把萝卜去皮切成小块，放置一旁备用。等到锅里面的浮沫开始减少，就加入备用的葱姜。然后再倒一点花雕酒，还有一小勺醋，转中火，继续煮下去，在这期间还要不停地撇去浮沫，直到表面看不到任何杂质。熬上三四个小时后，把萝卜入锅，配上基本熬好的牛骨汤，等萝卜也煮到软趴趴的剔透状，放入一点盐调调味道就可以了。等到出锅了，要吃时加入少许香菜碎提一提鲜，喝上一口，你会觉得无论是心里，还是胃肠，都有着无尽的满足感。"杜晴歌眉眼弯弯地告诉我做牛骨汤面的方法，那是我第一次也是最后一次见她。

我的朋友梵高先生是个画家，曾经得过抑郁症，他说自己内心住着的就是梵高。有的时候，他是他自己，喜欢光鲜亮丽地出现在各种类型的Party聚会上，在莺歌燕舞中与哥们儿交杯换盏，或者是在姑娘面前谈笑风生；有的时候他是梵高，专注而沉默，特别是在一幅创作中的作品面前，那种样子总是让人心生向往。第一次见到杜晴歌，就是在梵高先生刚刚购置不久的郊外loft里。

我跟着梵高先生一起进屋的时候，杜晴歌正坐在客厅的沙发上看书，旁边还有一幅没有画完的画。梵高先生指了指她告诉我："这是杜晴歌。"她转过头，看看鱼贯而入的一群陌生男女，眼神有些慌乱。我见这个姑娘很清瘦，穿着宽大的衣裙，但身姿依旧是少女的样子，手脚细细长长的，眉眼也与以往梵高先生身边浓妆艳抹的大蜜们不一样。

朋友们纷纷把手里的吃食放到厨房，再各自找个舒服的安全角，等着Party的人员到齐就开始嗨。杜晴歌只是站在那里，一时之间有点手忙脚乱，不知道是该以女主人的样子自居，还是帮着一起招呼客人。梵高先生也不看她，仿佛她并不存在一般，自顾自地带着众人在这间loft里参观。

我受不了这群人的吵嚷，索性在二楼挑高的扶栏往下看。高而狭长的窗户开着，风就那样吹进来，卷起白色的纱帘，顺便卷起杜晴歌的衣角，还有她一头乌黑顺滑的长发。一时间，我有点儿恍惚，这姑娘不该在这个金碧辉煌的土豪家里出现。杜晴歌抬头看到我望着她，对我笑了笑，嘴角上扬，眼神里却没有一丝喜悦。

我知道梵高先生有金屋藏娇的嗜好，但是从来没有染指过圈子外的姑娘。这会儿杜晴歌已经重新坐下，安静地看起了她手中的那本书，我有点好奇这个与我们年纪差不少的小姑娘为什么愿意做只被人豢养的鸟儿，毕竟她的气质并不像为了物质而出卖自由的姑娘。

晚饭时间，梵高先生叫了星级酒店的主厨服务，随后又把那些红的白的黄的各种酒清一色地摆在桌上，俨然众人都得不醉不归的架势。我看着他们在觥筹交错之间，开始越发没有底线，于是离开了餐厅，转身向后厨走去。

一道绯红色的身影正认真地站在灶台前，我仔细一看，原来是杜晴歌。

她开门见山地问我："饭菜不可口吗？"

"嗯，没怎么动那些好看却不好吃的东西。"

见我点点头，这姑娘狡黠地笑笑说："那么，和我一起吃碗面吧？"

"好啊，年纪大了，开始消化不了那些精致到不知道从哪儿下嘴的东西了。"我的言外之意，就算杜姑娘的面不好吃，也没关系，只要家常的味道就好。

我见她从翻花的沸水里，熟练地挑出两缕面，洁白如丝的细面，然后又在旁边的冰水碗里过了一下，俨然是个老练的厨娘。

"你这是要做汤面吗？"我见姑娘又从另一口冒着热气的锅中舀出两碗清汤。

"嗯，早上买的新鲜牛骨，回来煮了一天出的汤，有我家乡的味道。"姑娘边说，边把凉水过完的面再一次放到了汤碗里，然后撒了一把翠绿的香菜和葱末。"吃辣吗？"她也不回头，直接就问我。

"没问题！"我见姑娘这么一问，马上觉得食指大动。

伴随汤面的热气升腾，我呼噜呼噜吃得很香："这面真好吃！”对于可以吃到这样的料理，我颇感意外。

只见杜晴歌的目光飘向远方，不露痕迹地叹了一口气：“你是不是觉得，我原本只是一只富人养在笼中的金丝雀？”我一时感到有点儿尴尬，没有回答。杜晴歌继续说："那首歌唱得根本就不对，爱上一匹野马有草原也未必就好，野马永远都不会留在一个地方太久的。"

杜晴歌与梵高先生在一个小镇相遇，杜姑娘的家就在一处可以写出无数痴男怨女故事的小镇上。小镇风景秀美，却并不广为人知，所以很多古朴的原始风情还得以保存。而那一次，恰好是梵高先生去采风创作的时候。梵高先生在一家面馆见到了杜晴歌。彼时，杜晴歌围着一条碎花围裙，头上是同色系的包头，在大锅翻滚的沸水中老练地下面、煮面、捞面，这让梵高先生的内心也如同那锅中的沸水一般，翻腾起来。

晚上，梵高先生约杜晴歌散步，杜晴歌一时想要捉弄他一番，就骗梵高先生说那桂花酒酿是最好的甜品，梵高先生哪里知道这东西的后劲有多大，在小摊子上为博美人一笑，连吃了好几碗。等酒劲上来的时候，两个人还在河边散步，梵高先生踉踉跄跄地跌坐在桂花树下，红红的脸上、长睫毛上落满了桂花花瓣。这份傻气与呆萌一下就打动了杜晴歌的甜甜少女心。

后来，梵高先生画了好多杜晴歌的画，无论是简单的线条勾勒出的身影，还是油布上色彩拼凑的景象。看到这些成品之后，杜晴歌更对梵高先生痴迷。若不是梵高先生离开后留下的一幅又一幅画，杜晴歌甚至会以为梵高先生只是那段时间里自己所做的一场梦。谁知道过了几天，梵高先生回来了，他说希望自己的每张画里都有杜晴歌的身影，那个属于杜晴歌的系列里都要有她那双动人的眼睛。于是，这个17年没离开过四川的姑娘，点点头，跟梵高先生来到了沿海的都市。

　　"在我们那儿，骨汤面是结婚时一定要有的东西。每次新郎和新娘拜堂之后，家人都会故意搭配不同种类的面条，煮一碗骨汤面。那碗面有宽有细，寓意则是新郎心胸宽广，新娘细致节俭；也有白面与绿面搭配，寓意一清二白，堂堂正正做人、干干净净处世。我从小就看着我奶奶给那些喜结连理的新人煮面，再后来就接了我奶奶的这个班。"姑娘若有所思地给我讲起她的故事，眼神迷离，飘向远方。

　　"你知道吗？我们镇上的老人都知道这个故事，说的是有个仙女下凡来到人间，她是玉皇大帝的女儿香香，却爱上了镇子上一个在饭馆后厨房帮忙打杂的年轻人。玉帝一生气，就不许香香再回天庭了。有一年，镇子上闹饥荒，香香就决定回到天庭，把那个一碗就可以满足全镇人温饱的面条秘方偷来。她临走时叮嘱乡亲们用彩色的布条扎些长龙和猛狮，准备好焰火、鞭炮，等她回来时用最隆重的典礼欢迎她。聪明的香香回到天庭，特意让玉帝看到，玉帝一见香香，火冒三丈。香香知道，一众神仙护卫都会在这时候来劝玉帝息怒，就赶紧趁着守卫疏忽的空隙偷走了面的秘方，骑着自己的大白马回到了镇上。接着追捕香香的天兵天将紧随其后，看着穷追不舍的天兵天将，香香赶忙张罗起叫大家舞龙舞狮、点燃鞭炮。玉帝的天兵天将哪见过这样的场面，被滚滚的浓烟和面目狰狞的龙狮吓得速速退了兵。后来，香香并没有私藏这个做面的秘方，她耐心地教会了镇子上的居民们做这种面。镇子上的人吃着面，嘴里都忍不住说着：香，香。其实啊那是在纪念香香呢！"杜姑娘眼睛亮晶晶的，讲起故乡的故事滔滔不绝。我知道，她其实是想家了。

"我奶奶更喜欢给我讲的啊，却是另外一个故事，你想听吗？"她问我。

"唔……好……好啊！"我吞着面条，含混不清地回答。

杜姑娘笑了笑，眼神平静而慈悲，有点像工笔画中香案卜供奉的神像。"古代的时候啊！有个土豪老板，这老板的媳妇儿一生就是三个女儿。后来三个女儿长大了，老大嫁给了开面馆的王家，二女儿嫁给了当官的蒋家，三女儿嫁给了做买卖的袁家。就这样啊，二女儿和三女儿，都是整天穿金戴银、吃香的喝辣的。只有大女儿，守着丈夫和一家小小的面馆过日子。每天和面粉骨汤为伴的大女儿却也没有什么怨言，安安稳稳地过着自己的日子。有一天，一场大火让土豪的家一夜之间烧得灰飞烟灭，不仅做生意的铺面没了，连住的房子也没有了。土豪只好和媳妇儿找了郊区的一户破房子将就着住。恰逢又到了土豪的生日，老二老三两个女儿推说家中有事并没回来给老爹祝寿。只有这大女儿两口子，一如既往地来给老爹过寿。往年土豪过生日，老大两口子不比老二老三，带着大包小裹来祝寿，所以总是遭到土豪的白眼。而老大亲自做的面条却总是被赏给干活的下人们吃了。这一回，土豪和媳妇儿连饭都吃不饱，哪还能不吃呢。拿着女儿做的面，狼吞虎咽地吃起来。只见根根均匀细长的面条软中带着筋道，汤头浓厚又不腻人。一碗面吃的土豪心里热乎乎的，看着来祝寿的大女儿，土豪决定给这面取名孝女面。后来，老大两口在颜老板指点下做起了孝女面生意，连皇上吃了之后都赞不绝口。"杜姑娘看我吃完一碗面，善解人意地又添了一勺汤给我。

"我奶奶说，要是以后我找到了意中人，就把面做给他吃。我奶奶还说，要我千万别为了金银财宝或者锦衣玉食，就随便煮面给他吃。只有心尖尖上的那个人，才值得等他至深夜，然后洗手做羹汤，奉上热热的面。"看着杜晴歌认真的样子，我知道她真的不是为了钱财才答应跟梵高先生回来的。

那个能让她背井离乡的理由，其实是她心中对梵高先生美到脱离了世俗的爱情。爱情之所以美到让人产生幻觉，就是因为它总能巧妙地避开世俗。然而生活依旧会勾勾指头，就把我们拉扯回这个现实的世界。冷酷仙境大抵如此。

梵高先生以为一所宅子，几个包包就能换姑娘速食一般的爱情，可杜晴歌根本就不吃这一套。在她心里，爱情和梵高先生"永垂不朽"，是她穷尽一生最美好的一场梦。杜晴歌是被这个梦打动的。而这个梦对梵高先生而言，美固然是美的，但回到他灯红酒绿的现实里，被打碎却是早晚的事。就像那牛骨汤的汤头再纯美，手擀的面条再筋道，等时间过了，味道自然也就过了。你费了好大力气做的牛骨汤面，最后也不过是碗残羹冷炙，上面还会凝固起厚厚的油脂，则会让人心生厌倦。

后来，吃饱了的我在沙发上缓缓睡去，等我醒来，就再也没见到杜晴歌。

离开了梵高先生的家，我很长一段时间都没有再理会过梵高先生。又过了一段时间，我从朋友们口中得知，杜晴歌在那人的Party之后就离开了，没有人知道她去了哪里，梵高先生仿佛也只当她不存在一般，再没有找过她。不过让周围的人有点佩服的是，杜晴歌没带走梵高先生的一针一线，那些价格不菲的奢侈品，她全都留给了梵高先生。

几年之后，我重新踏进梵高先生的那处loft，依旧是去奔赴一场朋友极尽欢乐的聚会，依旧受不那种吵嚷，依旧是那个备品齐全而整洁的厨房，可是却再没有杜晴歌的身影。我的胃是冷的，心也是空的，我不知道那个能等候我直至夜半歌声结束的女子去了哪里，我也不知道她还会不会出现。想到再没有一碗热面吃了，我有些沮丧。身后传来脚步声，我回过头，眯着眼睛，看到梵高先生走过来，递给我一杯酒。

　　他不言不语，我也并未多说，两个人各自浅酌着，梵高先生的脸一点点红了起来，他低头看着酒杯里晃着的琼浆，眼底是道不尽的温柔。我突然明白，这一幅缱绻的画面，注定只能在杜晴歌那个两厢厮守的梦里地久天长。

　　　　　　　爱情之所以美到让人产生幻觉，就是因为它总能巧妙地避开世俗。然而生活依旧会勾勾指头，就把我们拉扯回这个现实的世界。冷酷仙境大抵如此。

苹果奶酥

食材:

苹果2个、牛筋粉250克、黄油、肉桂粉、白糖、焦糖

步骤:

1.把黄油切成小块,和白糖、焦糖和牛筋粉一起放在陶瓷碗里,捏成不规则的颗粒状,奶酥就制作好了。操作时,尽量站在温度低的地方,不要让奶酥融化。

2.苹果切成苹果丁,撒适当的肉桂粉,铺进小烤碗中,之后将奶酥铺在苹果丁上。

3.预热烤箱,然后把小烤碗放进烤箱,温度调节到200℃。

4.在烤箱里,上下烤制30分钟即可。

苹果奶酥

我整理辞楚在国内的东西，泛黄的笔记本里详细记录着苹果奶酥的做法：原料：苹果2个、中筋粉250克、黄油、核桃肉150克……不由得回想起她跟白桦的事儿……

辞楚遇到白桦，还是在她刚上高一那会儿，一眼就陷了进去，真是"一见白桦误终身"。此后，高中三年、大学四年，整整七年，可最终还是分道扬镳，是没逃过七年之痒？还是爱到了厌倦？

白桦和辞楚的姐姐辞薇一个班，白桦因为家里正在装修，又是高三的关键时刻，便经常到辞薇家里自习，经常周末一待就是一下午。

郑州的夏天总是热得燥人，因为电压太低，家里的空调总是开不开，总吃雪糕对身体不好，辞楚看着白桦和自己的姐姐在书房满头大汗赶着作业，心里那是一个劲地心疼。

我认识辞楚这么多年，她最大的软肋是心太软，永远都是刀子嘴豆腐心。于是，从来没有进过厨房的辞楚，开始在网上找夏日清凉配方——樱桃冰粥、橙汁果冻、草莓奶昔……做出来都是特别凉的东西——这跟直接吃雪糕也没有区别。

正当辞楚唉声叹气、心烦意乱的时候，白桦说，其实辞楚可以不用翻天覆地、绞尽脑汁地倒腾，因为他在特别热的时候，吃个苹果就会好很多。

辞楚刚好会做苹果奶酥，简直是天赐良缘。不是有句话吗，抓住男神的胃，再抓住男神的心。本来我对辞楚这种追男神行为还挺赞同的，但是，那丫头竟然拉我一起去厨房帮忙。我打心眼儿里是一百个不情愿，大夏天的谁愿意在厨房待着啊！有做一份苹果奶酥的时间，还不如直接去超市买一份。辞楚就是不听，在她答应给我也做一大份后，我才毫无立场地屁颠屁颠跟着她一起在厨房"乒乒乓乓"地倒腾。

我的工作特别简单，切苹果丁。辞楚要求切得不规则，但是必须每块都是有自己特色的十分漂亮的苹果丁。

我抱怨道："辞楚大小姐啊，这是苹果丁，不是苹果妖精，要那么好看，也没用，再说，到时候一烤，谁知道原来是什么形状？"

辞楚："我知道啊！细节决定成败！"

好吧，我终于知道为什么在恋爱中，男生总是对女孩的无理取闹无可奈何，明明没什么道理的事情，被辞楚这么一说，我倒有些愧疚——细节决定成败，我没有辞楚学习好，一定是以前没有领悟到这个道理。

做奶酥时，辞楚慢慢把黄油切成小块，和白糖、焦糖和牛筋粉一起放在陶瓷碗里，捏成不规则的颗粒状，奶酥就制作好了。操作时，尽量站在温度低的地方，不要让奶酥融化。

我战战兢兢地呈上生平切的最小心的一次苹果丁，两个苹果居然切了40多分钟，之后闭上眼，眼前还是苹果的影子。她满意地点点头，接过碗，撒了适当的肉桂粉，铺进小烤碗中，之后将那些高颜值奶酥铺在苹果上。

之后预热烤箱，然后把奶酥放进烤箱，温度调节到200℃。辞楚这个厨房白痴，一气呵成的动作，让我再一次见证了爱情的力量。

在烤箱里,上下烤制30分钟就可以拿出来,看着奶酥焦黄、水果软烂出汁的佳作,我竖着大拇指赞赏道:"这个苹果奶酥,讲究!"

白桦更是对它爱不释口。

两个人在白桦接到大学通知书的时候在一起了。

辞楚刚大学毕业的时候,我身边有的人就脱盲,奔向幸福的高学堂;有人脱贫,登上人生的巅峰;只有辞楚像脱缰的野马,跟着白桦全中国各处跑。

我跟他们一起去过太原,火车到站了,广播里响起,"请带好您的贵重物品下车。"白桦对辞楚说:"走吧,贵重物品。"冷冷的狗粮在脸上胡乱地拍啊,这辈子能遇到像白桦这样的情话男孩,相信很多少女都会发蒙。

一年后,我去郑州的车站接辞楚,很意外,她一个人。如果不是我亲身经历,打死也不会相信,白桦竟然会和辞楚分手。

我已经准备好一大筐安慰的词,辞楚竟然说:"我没事了,逆来顺受,得过且过,人的生本来就是苦多乐少。"她的心态倒是够好的。

到我家的第一顿饭,毫无意外,苹果奶酥。七年过去了,辞楚做苹果奶酥的技术早就炉火纯青了,只是,再怎么好的东西,人吃多了,也会腻的。

我还是一本正经,故作深沉地安慰她:"也许只是有人喜欢千变万化，有人喜欢始终如一。"我知道自己影响不了她，她从小就很倔强，尤其在感情上，宁缺毋滥。

辞楚每天不上班，也不赖床，很早就起来，倒腾她的苹果奶酥，终于，她明白了，苹果奶酥里还可以加其他水果，于是，这带有回忆的苹果奶酥变成了蓝莓奶酥、草莓奶酥，甚至是香梨奶酥……

她苦笑着对我说："你说，如果我早知道苹果奶酥原来还有这么多花样，他是不是就不会离开我了？"

我没有回答她，心变了，花样再多，也只是减缓爱情死亡的时间，实质上并不会有什么改变。

我依旧每天吃她做的早餐，果然是变着花样来的。她会做各种小吃和养生粥，却从来不给我做苹果奶酥，但她却还总是往家里买苹果。坏了扔，扔了买，不知道要循环到什么时候。

我只知道，家里有苹果，她就安心，也就没说什么。经历了几段轰轰烈烈的爱情，有些伤口不去在意，自然就好了，就像舌头上破了一块地方，你越去注意，越想碰它，它越是不停地受到二次伤害，难以痊愈。

人在逞强，泪在投降，人都在假装。

一天夜里，我碰到辞楚微微颤抖的双肩，我伸开胳膊紧紧把她揽入怀中，她越来越瘦，硌得我有点疼。她对我说："梦到白桦了，他一直要跟我分手，我不同意，他就往前跑，我怎么追都追不到！"

第二天，熟悉的味道弥漫整个房间，辞楚做了好多个各种形状的苹果奶酥，心形，矩形，齿轮状……

辞楚说，她这些天做了一个很有意思的实验。

她每周日晚上买七个苹果，未来的一周，如果哪一天想白桦了，就取出一个苹果放在阳台的破篮子里，并把这个苹果视为"毒果子"，在纸上写不少于500字的白桦对不起自己的一件事，然后投入一个大型的"烦恼箱"。

这样做的结果是，她越来越讨厌白桦了，可是每周她到阳台上收拾这些烂果子的时候，都会大哭一场。这些果子的下场，和她的爱情太像了，都是无疾而终。

之后有相当长的一段时间，她几乎对身边的所有事、所有人，甚至包括自己都感到烦恼不堪！后来居然变得对什么事情都"不放心"，怕所有的东西都会变成烂果子，一切事情，她都会想它们最坏的结果，每次站在阳台上，她都想：跳下去得了。

有　天，辞楚写好了遗书，准备跳下去。猛然间，她看到对面面包房紧急招聘一名糕点师，她抱着试试看的态度，自个领着苹果就去面试了，没想到居然成功了。

才做没几天，老板娘竟然要给她店里分红。最令她高兴的是，老一辈人都认为，分吃苹果是分给大家平安，老人的女儿要去国外留学，老人专门带他的女儿来这家店点了6份苹果奶酥。

辞楚想，苹果，平安，还真是绝佳的寓意。

每个人生命中发生的一切都是他们吸引过来的。不可否认，失恋是最让人成长的，这个世界最讨厌堕落的人。

那天，哭尽兴之后，第二天，辞楚涂着妖艳红唇，蹬着细跟高跟，碰巧遇到了以前的同学，不过那个同学下午就要赶飞机去新西兰，听说辞楚面包房的苹果奶酥做得特别好，这年头，飞机总出事，自己多来打包几份苹果奶酥，一来见一见老朋友，二来图个平平安安。所以，我一睁眼，就闻到屋子里浓浓的苹果奶酥味，整个屋子都是甜甜的。

这件事之后没过几天，辞楚就搬了出去。我看到她留了一张纸条："我未来的老公一定要带着一个大面包房来娶我！"

我打电话给她，说："你这姑娘可真够狠的，上来就要一个面包房，还是大的！"

她却说："长大之后，总会碰到一个女孩，她不要你的车子，不要你的房子，不要钻石，什么都不要，当然也不要你。"

这话说得我无言以对，反正我是唯心主义，以后的老公带着脑子和一整颗心就可以了。

每年的同学聚会，辞楚都会承包一个聚会的甜点，十几年都是苹果奶酥，这已经成了聚会的一大特色，甚至有位同学专门从新西兰赶回来参加同学聚会，只为吃到她的苹果奶酥。

这位疯狂的同学，后来成了辞楚的老公，还真的带着一家不但很大，而且是在市中心的面包房来娶她。

我说什么时候举行婚礼，我去当伴娘。辞楚却告诉我，他们不举行婚礼，也不打算领结婚证。简单的两句话，把我震得七窍流血！这个世界什么时候流行不结婚了？怎么没人通知我一声！

辞楚风平浪静地给我解释道："喜新厌旧不是人的缺点，是人的本性。婚姻的本质就是克服人朝三暮四、喜新厌旧的本性。但爱情不是，爱情是自由的，如果一个人在没有婚姻的情况下，愿意跟你长长久久地在一起，那就是本性想和你在一起，按照自己的本性做事，是最容易成功的事。"

果然，离开了错的人，人生才能更美好，这姑娘，自从离开白桦，人生简直开挂直升啊！那人生境界也是我等凡人不能参透的！

辞楚从新西兰邮过来的星空明信片上写着她对苹果奶酥最高的领悟："这些年我依然只做苹果奶酥，虽然我知道可以做蓝莓奶酥、草莓奶酥，甚至香梨奶酥……但我就觉得苹果可以带来平安，其他的只是味觉上的新鲜，所有人都劝他离开我，常年只吃一种点心，是个人都会抓狂！颠倒世界也罢，力排众议也好，他还是踏遍千山万水，带着他的柔情，带着他的狂热，只为我而来。你记住：爱一个人没有错，爱一个人失了自己就是错。"

只是，在诱惑面前，人总是忘记教训。我牢牢记住辞楚明信片上的话，爱情的花朵总是无疾而终，飘落在天涯。是不是也该去新西兰辞楚的大面包房里，打包一些苹果奶酥，保我爱情一路平平安安、毫无意外地走下去？

每个人生命中发生的一切都是他们吸引过来的。不可否认，失恋是最让人成长的，这个世界最讨厌堕落的人。

草莓大福

食材:

草莓 糯米粉 红豆沙 澄粉 细砂糖 橄榄油 清水

步骤:

1.蒸屉垫上刷少许油

2.糯米粉、澄粉、细砂糖加清水搅拌成面浆

3.放入蒸锅蒸约二十分钟至熟。

4.取一颗草莓用红豆沙包裹住

5. 再取适量面浆包裹住豆沙

6.外挂一些细糖粉或熟糯米粉

7.从中间切开即可

草莓大福

　　在日本留学的吴盼盼是我的发小。
她特别怕冷，就算是夏天也要盖厚厚的棉
被；她怕孤独，所以养了一只猫来陪伴自
己；她喜欢吃甜食，所以每当秋风泛起、
落叶满地的季节，她就会穿着厚厚的大毛
衣走在东京的街头，去甜品店买一个刚出
炉的水果酥皮馅饼，然后用赠送的明信片

写几句报平安的话给我。每次收到吴盼盼的明信片，我都会去买一个一样或者类似的食物回来，拍下照片发给吴盼盼，好让她知道我就在她身边。

人生最绝望的时刻，才能放大平日里不曾留意的温暖，就像最黑的夜才看得到最亮的光一样，其实任何我们原本以为熬不过去的万劫不复，都只是别人泥泞生活中一粒微不足道的尘土，好时光依旧会在太阳升起后降临。

一块甜点、一杯热茶、一张明信片，足以治愈我和吴盼盼求学岁月里两颗孤寂的心，这些明信片拿出来再看，往昔的情景依旧历历在目。

亲爱的兔子（吴盼盼对我的昵称）：

我已经辞掉了最近便利店的那份工作，因为下班实在太晚了。虽然我依旧很舍不得那些可以带走的只过了十二点就要被算作过期商品而被丢掉的牛奶。这里的秋天、冬天其实并不冷，可是女孩子们还是会穿厚厚的毛衣和雪地鞋，但是如果真的冷，她们为什么又要露出一截小腿呢？

兔子，我为了更安心地念书，只能换掉这个和四川籍学妹合租的公寓了，因为这里距离我上课的学校有些远，坐地铁也得一个小时。虽然四川妹子会做好吃的水煮肉片，但是我想我必须和她说再见了。

到了这里我很孤独，但有她们在，哪怕说些我听不懂的四川话，也很让我暖心。这回我一个人搬离留学生公寓，以后我们怕是要在两个截然不同的世界里了。一个生动鲜活，一个万籁俱寂。此时此刻，我真想吃一个刚出炉的热乎乎的草莓酥皮派啊！

兔子，希望你一切安好。

盼盼

当时的吴盼盼高中还没毕业，就被她的父母送去了日本。一边要学习日语，一边要做些零散的兼职，一边还要应对大学的入学考试，留学生的生活真的一点儿都不轻松。吴盼盼的适应能力不强，自理能力也有点儿差，刚到日本时又有着很严重的思乡情绪，一时间有些手足无措。而我当时正是高考大军中的一员，一门心思地准备那个决定自己命运的考试。偶尔用省下的晚餐钱给吴盼盼打个越洋电话，互相鼓励一番，最后在吴盼盼对于她当日甜点的描述里恋恋不舍地挂掉电话。可能甜点的治愈情结就是从那个时候扎根在我与吴盼盼的心里的。

亲爱的兔子：

我已经搬了家，新家周围很安静，楼下的街心花园总是没有小孩子去玩，可秋千就是会莫名其妙地晃荡，我每一次都是跑回来的。兔子，我的隔壁住着一个老太太。每天早上我去上课，到了楼下都会看见她总是在楼上盯着我，你说她会不会是个一辈子没嫁人的疯女人啊？我不知道应该怎么办，今天在楼下的甜品店买到了打折的戚风蛋糕，那绵软的样子让人想一口就把它吞下去。你什么时候才能来看我呢？到时候我们一起来吃戚风蛋糕吧！

盼盼

　　彼时的我还在挑灯夜读，常常是看着一张明信片，刚读完就已经睡着了。再醒过来擦擦口水，已经是后半夜了，而家人给我准备的牛奶早已凉透。高考前的岁月，即便到了现在，我也记不清到底是怎么过来的。恍恍惚惚，犹如一场梦。

　　亲爱的兔子：

　　这段时间我的脸色很不好，终于达到了咱俩偷用我老妈面膜之后，妄图达到的那种像墙一样白的效果。我觉得这里的冬天好像永远不会结束，每次看到铁轨上的积雪，我就有说不出的难过，我很想回家。如果我在铁轨上睡着了是不是就可以做一个梦，梦里我已经回到了家里，和你一起在你的小屋里写作业，啃几块威化饼干。

这些天，我好像是住进了一个与世隔绝的深山老林里。我越不说话就越不想和人说话，每天都有写不完的案例和背不完的课文。我只能哭一会儿，然后吃点东西安慰自己。

还有半年就要高考了，兔子，希望你能熬过高考，然后来看我。

盼盼

记得收到这封明信片的时候，我吓得够呛，也躲在被窝里哭得很伤心，我多担心这个从小一起长大的伙伴会想不开而死在异国他乡！只记得第二天开始，我连午饭也不吃了，只是想着省下点钱给吴盼盼打电话。不知不觉中，春天就来了。

亲爱的兔子：

我已经去看过富士山的樱花了，真的很美很美。原来春天来得居然这样快，你一定想不到我是和谁一起看的樱花。还记得我和你说的隔壁那个盯着我看的老太太吗？说起来有点不好意思，是我胡思乱想了。她是林野太太，她的丈夫早已经去世，而她的女儿又不与她住在一起。她每天站在窗户看我上学和放学，只是想确认我的安全。

很有意思的是，那天她在楼道里与我走了个迎面，然后对我点点头说：'我是你隔壁的林野，这是我做的草莓大福，请你吃吧！'我当时吓坏了，很担心她是因为我半夜还不睡觉反复练习东京口音，而对我怀恨在心想要暗杀我呢！

我也觉得自己是心思太重了，后来我作为回礼，就把咱们俩一起买的零钱包送给她了。然后她就请我去她家喝茶，介绍她女儿给我认识。原来，她女儿是我们学校的中文老师，你说这是不是很巧呢？对了，大福就是糯米团子，里面有不一样的馅儿。吃起来有点像驴打滚儿吧，但是比它略清淡一些，配茶吃是最好的，我想你一定喜欢。

兔子，我想你也已经准备好上战场了吧，很快我们就会在这里见面了！

盼盼

最后冲刺的两个月里，我已经很难学进去什么新的东西了，唯一好在每次看完吴盼盼的明信片，我就盼望着自己快点去到那个小小的岛国与她一起吃甜点。每当太阳从窗帘的缝隙散进来，我都会主动起床，让空气中的前夜未散尽的奶香从窗子飘出去，然后在新鲜的空气里迎接新的一天。

亲爱的兔子：

再过一个星期你就要高考了，林野太太拜托我帮她转达对你的祝福。是的，她已经对你很熟悉了。我们常常会聊起你，林野太太也很期待你早点来日本，来她家做客。

我已经通过了语言学院的考试，我想这和我每天都与林野太太和姐姐一同聊天有很大关系吧！林野太太家的餐桌上有很好看的和风桌布，等你来了，我一定买两块让你带回家去。

今天林野太太还教我做了大福呢！之前她都会烤了好吃的黄油曲奇等我去，比起咱们最爱的罐装曲奇，更酥一些，我想配上你爸爸上次出差带回来给咱俩的蒙古奶茶一定很美味！曲奇在烤箱里散发出诱人的味道，暖烘烘的真让我觉得很幸福。不过这次她说，一定要教会我这种日式点心，等以后回国了做给家里人吃。

其实做起来也很简单，把蒸笼架在锅上烧开，然后再把糯米粉和水拌成糊状，等做好这锅面糊糊就上锅蒸二十分钟就可以了。接着把它拿出来，反反复复地搅拌均匀，揉搓的这个过程里分几次加进去麦芽糖稀和细砂糖，等到混合拌匀成光滑的Q状后，就放到抹了沙拉油的塑胶袋中备用。这就是大福的皮，把它们擀成一个个巴掌大的圆形小饼备用。至于里面的馅就是用红豆沙裹住草莓做的，不过你要记得露出草莓诱人的那个红尖尖哦。然后把馅料包到之前做好的皮里，揉成圆圆的小丸子就好啦！记得做之前手上要挂满干粉，不然会粘住的！

兔子，不管你考试的结果如何，我都希望你能正确面对

每一次低谷，不要被负面情绪压倒，只要熬过去，我想咱们
的人生还有许多幸福的事情！

盼盼

那个时候的吴盼盼，已经可以写得一手好鸡汤文了，也
是在那不久之后，我用高考后的假期远渡东洋，和吴盼盼在
日本相聚了。我见到了林野太太和她的女儿，那个夏天，是
各种各样的甜点洗刷了我历经高考的疲惫，也是那个夏天，
我学会了做一盘较为地道的草莓大福，这也成了我现在用来
招待朋友的招牌茶点。

离开日本之前，林野太太把一张画着大福制作方法的明
信片和一张和风桌布送给了我，她女儿告诉我，林野太太希
望我知道，温暖与快乐是可以传递的，所以以后一定要继续
把这种幸福感带给更多的人。

回到国内之后，我开始准备去大学报到，开始准备走上
独立的人生之旅。无论生活如何波澜起伏，无论我周围的人
是停是走，那块和风桌布一直被我很好地收藏起来。每当到
了草莓成熟的季节，我都会挑一盒大小适中的果实，然后在
厨房忙活一阵子，准备一碟草莓大福，再泡一杯清茶，静静
地思考、静静地回味。

而远在日本的吴盼盼，也有这样的习惯。她曾经说，每

当闻到糯米蒸好的香气与草莓清甜的味道结合在一起，就会想起曾经那个彷徨的自己，继而在这种柔软的点心面前打起精神来。草莓大福对于她和我，好像有一种神奇的魔力，瞬间就能驱赶心里的孤单和苦闷，让我和吴盼盼可以看到人生的希望。

有时候想一想，我们会如此怀恋某些食物的味道，大概是因为我们更怀恋的是那段经历过失望与期望，经历过高潮和低谷却仍有人陪伴的年少的时光吧！

其实任何我们原本以为熬不过去的万劫不复，都只是别人泥泞生活中一粒微不足道的尘土，好时光依旧会在太阳升起后降临。

莲藕
雪梨饮

食材：

莲藕、雪梨、纯净水、冰糖

步骤：

1.将莲藕、雪梨洗净刨皮后，分别用擦丝器擦成细丝。

2.将莲藕丝跟雪梨丝全部放入电饭煲，加入适量纯净水。

3.按电饭煲的"粥汤"键，焖煮两个小时，等电饭煲自动关闭。然后，趁热加入冰糖搅匀。

4.最后将藕丝、梨丝过筛子，滤出来的汤汁，即莲藕雪梨饮。

雪莲梨藕饮

夏侯桔是个超级容易暴躁的人，不过这真不能怪她。她爸爸是体制内的踏踏实实的职工，她妈妈更是一切事情都听她爸爸的。家里经常是一团糟，夏侯桔有时觉得自己是不是养了两个大孩子？

树上稀稀拉拉的叶子干得像旱烟叶一样，摇摇欲坠，又到了干燥清冷的深秋季节，每到这个时候，夏侯桔和她妈妈的皮肤就特别干，尽管各种化妆品一直往脸上涂，可依然没有什么效果。

高弦的母亲是一名美容顾问，每到秋天，她都会给高弦做莲藕雪梨饮。她一直觉得，干燥的季节里想要皮肤好就得内外兼顾，而且男生也应当注意自己的形象。

每次上班，高弦都会带一大杯莲藕雪梨饮。味道清新淡雅，口感温和绵软。

高弦妈妈力挺莲藕雪梨饮，最关键的原因是，她认为莲藕和雪梨都是最新鲜天然的美容养生食材，做出来的莲藕雪梨饮也没有什么防腐剂、增稠剂之类的。

据《本草纲目》记载："梨者，利也，其性下行流利。"润肺、凉心、消痰、降火、解毒。

莲藕是润肺佳品，"肺主皮毛"，若能做好养肺工作，皮肤就会红润。

高弦和夏侯桔在一个公司实习，准确地说，都是大二出来，被学校派到公司实习的优秀学生。夏侯桔在财经大学，高弦在科技大学。两个人在公司很多地方都是互补的，又都是新人，更是经常互相帮助、互相取暖。

夏侯桔和高弦初相识时，夏侯桔还只勉强能到高弦的胳肢窝。夏侯桔在学校就是和男生混为一帮的"伪汉子"。出来实习，和公司淡妆浓抹的前辈们相比，简直就是一个丑小鸭。

再加上本身的底子也算不好看，所以在公司除了性格跋扈要强一点之外，没有其他鲜明的特征。

虽然是新人，但夏侯桔动不动就会发脾气，有时甚至还动手打人，当然她也只敢对高弦耍些小性子，还真有那么一点"欺软怕硬"。

高弦在公司绝对是帅哥级别的人物，人长得白白净净，却是痞帅痞帅的样子，一到公司就有一大堆姐姐粉。

按照一般人的正常逻辑，高弦应该是看不上夏侯桔的。不过，现实生活永远比偶像剧来得精彩绝伦。

在夏侯桔还一副"糙汉子"的时候，高弦就轻轻地把她放在手心，揣在心里。

网上曾有一段话："每个人的心里都有一团火，路过的人只看到烟。但是总有一个人，总有那么一个人能看到这团火，然后走过来，陪我一起。我在人群中，看到了他的火，然后快步走过去，生怕慢一点他就会被淹没在岁月的尘埃里。我带着我的热情、我的冷漠、我的狂暴、我的温和，以及对爱情毫无理由的相信，走得上气不接下气。我结结巴巴地对他说：你叫什么名字?从你叫什么名字开始，后来，有了一切。"

夏侯桔在高弦的工作总结的最后一页看到这段话的时候，也看到了他写的最后一句话："夏侯桔，我可以再问你一遍，你叫什么名字？"

　　从你叫什么名字开始，后来便有了一切。

　　高弦教了夏侯桔他妈妈秋季保湿的必备秘方——莲藕雪梨饮。

　　煮熟的莲藕能够帮助女性调血补血，并且莲藕中的淀粉也有洁肤美白的功效。

　　秋季的新鲜莲藕其实是可以直接与新鲜雪梨一起榨汁饮用的，可以起到清热润肺的效果。但天气渐冷，又加上夏侯桔本身就脾胃虚寒，生吃稍寒凉的东西就会胃疼，高弦就直接告诉她，要将莲藕煮熟，变为温性才好。

　　雪梨可以起到降低血压和养阴清热的效果，味甘性寒，具生津润燥、清热化痰、养血生肌之功效，特别适合秋天食用。

　　那次，夏侯桔不小心看到高弦工作总结的最后一段话，又加上高弦教她做莲藕雪梨饮，她已经确定高弦对自己是有好感的。不过，她第一次感受到高弦对自己的不同是在星期五的惯例聚餐，在闹闹腾腾的酒店，她感觉到有一道目光一直追随着自己。

　　夏侯桔猛然转身回头，刚好和高弦的目光相碰。高弦看到她回头，明显十分兴奋，眼睛里似乎有星星在闪耀。夏侯桔却极为不适应，只好佯装愤怒，小声说了句："看什么看！"接着就落荒而逃了。

　　以后的日子，高弦从每天带一杯莲藕雪梨饮到带三杯过来——因为夏侯桔能喝两杯！

在那以后的每个下午，高弦都会在公司等夏侯桔下班。有时候高弦下午三四点钟就完成了工作，来到夏侯桔所在的部门，一等就是两个多小时。

甚至有时候直接在夏侯桔旁边站一个多小时，而夏侯桔没有太在意高弦等了多久——她一直在忙工作。

渐渐地，公司很多人都知道夏侯桔恋爱了，还是跟公司一个白净挺拔又温柔体贴的小伙子。

夏侯桔的室友还专门来到公司看她的男朋友，一些大大咧咧的朋友还会笑着打趣，说她真幸运，找到这样一个痞帅温柔的男朋友。每到这个时候，夏侯桔心里都会开出一整片花！

直到有一天，夏侯桔才发现，在很多"温暖"的寒暄背后，原来他们眼中的自己是配不上高弦的，他们在羡慕自己的同时，也在嘲笑和怀疑高弦的眼光。

久而久之，原本自信心不足的夏侯桔一下子更加自卑了，只盼低到尘埃里，能开出一朵花来。

极度的自卑加上极度的自尊，使得夏侯桔开始慢慢逃避高弦。

夏侯桔总想在高弦面前表现出自己最好的一面，她渐渐地也不敢对高弦撒娇，不敢对高弦发脾气，更不敢对高弦要自己的小性子，甚至不敢让高弦每天给自己带莲藕雪梨饮。

　　夏侯桔太过患得患失，总是惶恐不安，把以前理直气壮的勇气都消耗殆尽。

　　实习最后的两星期，夏侯桔告诉自己一定要把握住最后的机会，留住高弦。

　　夏侯桔每天早上五点多起来，将莲藕、雪梨洗净刨皮后，分别用擦丝器擦成细丝，而且一定会擦得很均匀。之后，将莲藕丝跟雪梨丝全部放入电饭煲，加入适量纯净水，一般加三大碗就够一天的量了。

　　按电饭煲的"粥汤"键，这个火候大概是文火慢煮型，焖煮两个小时，等电饭煲自动关闭。然后，趁热加入冰糖搅匀。最后将藕丝、梨丝过筛子，滤出来的汤汁，即莲藕雪梨饮。

　　然后装入瓶中，最好当天饮用完毕。为了让高弦多喝一点，夏侯桔专门去买了带吸管的杯子。

　　此时的夏侯桔，再也没有自己刚入公司时天不怕地不怕的状态，高弦却没有发现夏侯桔渐渐增长的自卑。在夏侯桔说不用每天带莲藕雪梨饮之后，他就真的没有再带过。

　　有时候高弦下班早，他再也不会在夏侯桔的部门一待几个小时，而是开始与同事一起去网吧玩游戏。

　　夏侯桔第一次知道，原来那个耐心温柔的高弦，也是爱玩的，也会冷漠。

　　夏侯桔抱怨了四五天后，高弦又来接她了，不过总是来去匆匆，甚至有时候身上还带着烟味。公司不允许吸烟，因此他在来夏侯桔这里之前，一定又去过别的地方了。

夏侯桔向来对烟味敏感，可她现在也不敢问，到底是高弦自己抽烟留下的，还是在网吧待久了染上的，抑或是和别的女生一起出去留的？

一次，夏侯桔闻到高弦身上烟味之下淡淡的香水味，忍不住爆发了，直接问高弦，他们两个要不要相处下去？相处之后，该往哪个方向发展？是萍水相逢谈一场恋爱，还是轰轰烈烈地奔着结婚而去？

高弦沉默了。

夏侯桔也不再说什么，依旧每天给他送莲藕雪梨饮。

他们的关系好像一下子淡了，以前的温柔时光如梦幻一般。夏侯桔不知如何是好，高弦这边似乎又无所触动。

于是，这些问题就这样冷冷地被他们无意或刻意忘掉。

实习结束的最后一天，高弦出乎意料来得特别早，穿得整整齐齐，说一定要送夏侯桔回家，一定要亲手做杯莲藕雪梨饮给她喝。

果然，高弦背着从超市精挑细选的莲藕和雪梨，陪着夏侯桔，在一大片洋洋洒洒的夕阳中漫步走回家。

夏侯桔故意走得很慢很慢，直觉告诉她，这很可能是最后一次见面。到公交车站了，夏侯桔提议，反正也是实习的最后一天，明天也不用上班，不如走着回去，高弦爽快地答应了。

夏侯桔不知道是高兴还是心酸。高弦用自己的方式弥补她，现在的温暖竟然是用分手作为代价的。她第一次走得如此缓慢，她知道，现在的家就是断头台，是把她的爱情砍杀的断头台。

事情意料之中，情理之外。

高弦认认真真给她做了一大杯莲藕雪梨饮，旁边放着分手信，落款日期是两周前。

大三回到学校，夏侯桔发现自己特别特别想高弦，每天微信一直在线，每天翻看高弦的留言板。在老顽固——数学老师的课上，一遍遍写着高弦的名字，甚至做了一大幅高弦的画像，结果被老师当着全班同学的面赶出教室。

夏侯桔觉得自己大概疯了，被赶出来之后，直接逃课坐上了去高弦学校的火车，她想看他一眼，一眼就好。

夏侯桔站在高弦教室的窗外，看他一笔一画写着什么，嘴角微微扬起，果然认真的男人最帅，更何况是自己喜欢的人。夏侯桔也立马拿出纸，她要把这些天堆积的相思全吐出来，再憋下去，她会炸掉的！

千言万语汇成一句话："天不老，情难绝。心似双丝网，中有千千结。"

她以为会"一处相思，两处闲愁"，结果是一个人在自作多情。

　　下课时，夏侯桔一个箭步冲到门口，看到隔壁班一个活泼可爱的女生比自己更快地冲进教室，拉着高弦的手，而高弦满是宠溺地抱着她……夏侯桔闭了闭眼睛，手里刚刚写的相思之苦，被揉得稀巴烂。

　　莲藕雪梨饮喝多了，果然能凉心、降火。火爆性格的她，什么都没说，只是流了一路的泪。

　　夏侯桔告诉自己，不爱你的人怎么做都相处不来。他们会觉得你肤浅，觉得你矫情，觉得你刻薄。所以，她一直把好自为之做得彻彻底底。

　　这个因为莲藕雪梨饮相遇相知的男孩子，最后也用一杯莲藕雪梨饮结束的男孩子，与夏侯桔再也回不到从前了。

　　　　太过患得患失，总是惶恐不安，会把理直气壮的勇气都消耗殆尽。

桑葚茶

食材：

桑葚粒 水 玫瑰花

步骤：

1. 桑葚放置阴凉风干处呈干状
2. 沸水冲泡加入玫瑰花和桑葚粒即可
3. 可加蜂蜜调味

桑葚茶

我的朋友莫桑是个特别喜欢喝茶的人，可她最常喝的不是香浓的大红袍，也不是清淡的明前龙井，她的杯子里总是静静地躺着一条小小的桑葚，有的时候是桑葚干，然后再随便抓一把茶叶泡起桑葚茶来。

莫桑的身上总是出现些奇奇怪怪的际

遇，所以我常常在她嘴里听到稀奇古怪的事情。有一回，在
莫桑家品茶，几个女伴从现在说到以前，自然就有人问起了
莫桑的初恋。莫桑倒是很大方，慢悠悠地斟满面前的茶，边
喝边讲。

"那一年夏天，我刚刚14岁，有着青涩的容颜和内敛的
性情，在那样的年纪，可不是任何人都可以与我为伍的！"
莫桑指了指我说："不信你问她，那时候的我可是爱憎分
明，碰到想要接近的人，才会说一些真性情的情话，碰到不
喜欢的远远避开，谁惹了我可是没有好果子吃的！"

我笑一笑，记忆里那段光景有着夏日的香气，也有着冬
日的凛冽以及悲伤。

"嗯嗯，是啊，你说的这个人，他引起我的注意是在初
二，一个整天只知道嬉戏，毫不在意的男生，却有着聪明机灵
的头脑，一直很好奇，是不是每个姑娘的生命里都出现过这样
的人？"我刚说完，就看到莫桑眨了眨眼睛，笑得有些狡黠。

我知道，对了这个人，莫桑一开始并不喜欢他，只是他
有意无意地总爱逗她，而每次她只是一走而过，毫不在意。
直到那一天，记忆里有很大很大的雨，莫桑淋成个落汤鸡，
跑到我家来说："兔子兔子，刚刚他说喜欢我！"

那个时候，我是完全没有想到的，因为14岁的自己只是
整日沉浸在小世界里的姑娘，每天两点一线的生活，并且保
持记日记的习惯，就是这么多。忽然那个下雨的日子，我的

好朋友毫无征兆地恋爱了，我就像是对着一面镜子，看到了许多难得的喜悦，那是我想做却不敢做的事情啊。

莫桑又喝了一口桑葚茶，说道："后来的我们在一起了，上课传纸条，写情话，写情书，一起在草地上玩耍，飞纸飞机，晚上补课，他送我回家。没有亲吻，没有拥抱，只有过牵手。除此之外，最亲密的举动大概就是，有时候玩累了，他就把水壶递给我，里面泡一粒黑黑的桑葚让我喝。他说'桑葚，又叫桑果。这种小果子酸酸甜甜的，但是对人的五脏六腑都起着滋阴补血的作用呢！你要多喝点水，这样才不会容易生病，才不会容易变老！'现在回头看看，这是多么温暖的感情，虽然只有短短的一年时光，却是我这一生都会铭记的光景呢。"

后来，男生却转学了，我和莫桑才发现，我们根本没有这个男孩子的电话，而他也没有任何交代。前一天，两个人还逃课去看电影，拜托我帮他们在老师那里打圆场，然而第二天，那个座位却变得空荡荡的了。

莫桑沉寂了很久，但是却很坚定地告诉我，一定是出事了，所以才这样不辞而别。我知道，这是她能接受的最好结局，所以点点头默认了。

"意外啊，总是这样产生的，本来以为他是不辞而别全家搬去了别的城市呢，谁知道我们两个人居然在周末的补习班里又见到了他！那个课间的时候，我看到他从另一个班出来，还以为是一场梦呢！我跑过去从后面抱住他，闻着他身上的青草味，觉得自己真是喜欢这个人啊，做出来这么勇敢的事情来！"

莫桑低头抚了抚膝盖上的布偶猫，猫咪抬头看看它，满足地喵了几声。

我记得当时的情景，他身边的一个哥们问他："嘿，那是你女朋友吗？"

下课之后，莫桑就在补习学校转到了他的班上，每周五在学校，莫桑会把补习班的作业借给他抄，然后过一两个小时再在那里碰个面。

"他爱讲笑话，我爱笑，他不学习，因为他家里有别的安排，他以后可能也不会继续上学了。我也是唯一一个觉得这样蛮不错的人，大概就因为我这点小聪明，所以他喜欢上了我，我也慢慢发现了他的优点，发现他不是那么吊儿郎当的人。"莫桑说起这些，又是一副小女孩的样子了。

当时在学校的那种感觉很奇妙，大家不说破，但是你能感觉到每每都有一双目光注视着你。我不记得这样保持暧昧的日子有多久，不过那是很幸福的时光，可以在期待中醒来，在美好的回忆里睡去。我看着莫桑和他的小恋爱，觉得很满足。

"再后来啊，真的就毕业了呢，我要上高中了，他却说他要走了，这一次是真的要离开这里了。我看着他又在大雨里跑来找我，我装作很镇定地在屋檐下躲雨等他！天知道我的心跳得有多快！见了面，相对无语，只是两个人傻笑了好久啊！"莫桑接着说道。

年少的日子大概就是这样让人着迷，在写不完的作业和抄不完的笔记里伴随青春一同悄悄溜走，当你再次回首的时候，会在记忆里那个身影的目光中看到曾经并未发觉的缅怀。真正的青春，不是一个人的留恋，而是一群人的留恋。

当时我在莫桑家，只听见他的一句，"有缘再见"，待我从里屋出来时，就看见站在客厅一脸泪水的莫桑，我知道，她的初恋就这样结束了，而我们也要长大了。

"那次啊，又见到他，到现在我也觉得总像是做梦。影影绰绰，光萤飞舞，世界比梦还迷离。我听见风从我耳边经过，我看见人影幢幢的光影流转，我感觉到地球在不停地自转。那一瞬间，我的世界里好像时间与空间都是虚无的存在，只有轻轻着拥我的怀抱，我看不清眼前的东西，我喝醉了，却醉得很幸福。"莫桑说，"那次我喝醉了，醒来的时候，餐厅里空荡荡的，只有他坐在对面。我觉得很突然，一时间分不清真假，我有好多话想说，却因为喉咙的剧痛而说不出话来。"

"当时他说'你醒了。'我晃晃悠悠地直起身子，想站起来，'真不好意思，喝多了。'我在柔软的沙发上挣扎着坐起来，然后把桌子上的冰水大口大口喝光了。'你知道自己喝了多少酒吗？'他从没对我发过脾气呢！"莫桑说到这里，有点满足地笑了笑。

"然后呢？"这段故事，莫桑不曾和我说过，所以连我
也开始追问起来。

"然后我说'不太记得了，好像是七瓶二锅头吧！'
话刚说完，我就踉踉跄跄地要站起来，结果脚下一滑，刚好
跌倒在他起身扶着我的怀抱里，接着我就吐了个昏天暗地。
'真不好意思，吐到你鞋子上了。'我对他说了抱歉。'没
事的。'他说，'以后不能这么喝酒，会出事的。'"莫桑
的眼神这时飘向了远方。

"我喝了点他端来的桑葚茶，听到他说'你变了，我
知道让你躲在保护伞里的话，你永远都是个不谙世事的小孩
子，而我却没办法守护你一辈子。'他说'你知道吗？我是
看着你长大的！'我很诧异啊，因为从初中开始这些年，虽
然蛮长的时光，可如果说他是看着我长大的，是不是有点儿
夸张？"莫桑看着专注的我们，轻轻地冲我眨了下眼睛，恍
惚之间，我好像看见莫桑腿上的猫儿也冲我眨了眨眼睛。

"后面的事情我就不知道是真是假啦，不过他说其实他
小时候就认识我了，只不过找了我很多年才有机会和我到一个
学校来。他还说，我以前曾经帮助过他，说我对他的帮助真的
足够让他记得一辈子。絮絮叨叨了半天，我也记不清了，不过
最后的时候他说，'小姑娘，我又要走了，不知道什么时候能
回来看你，不过我想我要是回来的话，就不会离开你了。你要
多吃点桑葚，记得吃完快点洗手，不然手指和嘴巴都会变黑黑

的！'我隐约间好像跟他说了一句'保重'，但是我真的不明白，为什么要说保重，可能就是醉话吧！等我再醒过来的时候，就被这只兔子找到啦！"莫桑又指指我。

"兔子"，是莫桑这么多年来对我的亲密称呼，每次她这样叫，我都感觉自己像是她的灵宠，而她就是那天上的神仙。

记得以前我和莫桑一起去算命，算命先生说我俩前世就有说不完的故事，这辈子是注定在一起做朋友的。算命先生还说，莫桑于人有恩，只是若要受了这回报的恩情，就会孤绝一生，我和莫桑听得云里雾里的，这话也没往心里去。可事实上，这么多年了，莫桑除了初恋，再没有亲近过任何男子，可能她身边最亲近的异性就是腿上那只懒洋洋的丁香紫蓝猫了吧，这猫儿我也不记得她养了多少年，只记得莫桑说是她下班回家的时候在家门口捡到的，她还说这猫儿是在等她呢。

莫桑的故事就这样讲完了，我们也算听了个小故事，而我竟然有点犯困，迷糊地睡了过去。

半梦半醒之间，我听见莫桑和什么人在说话。

真正的青春，不是一个人的留恋，而是一群人的留恋。

酱牛肉

食材:

料酒 酱油 茶叶 老卤料包 生姜 葱段

步骤:

1.牛腱肉切成10厘米大块,至于冷水中反复泡至没有血水溢出。切成十厘米左右的大块

2.撒入盐,生姜,葱段和酱油腌制2小时以上

3.清水加茶叶和老卤料包煮开后放入牛腱肉

3.大火烧开,后改用小火慢炖

4、炖好后自然放凉,切片食用

酱牛肉

一盘合格的酱牛肉不仅仅是味道足够浓厚，而是你在吃的时候，可以拿它搭配馒头、米饭，甚至面包，反正是不会让你产生距离感的一种佐餐伴侣。就好像真正合格的爱人，无论你是哪种样子，和他在一起，都是由内而外的理所当然，这样才算得上找到了对的人。

　　结束上一段感情的时候，我躲到了闺密沈小姐家待了很多天。那些日子里，每天下班后都是听着燃向的音乐，然后去健身房跑到睁不开眼睛，也分不清是汗水还是泪水。等到大汗淋漓之后，两个人再去买点零食，回家用酒精和娱乐节目洗刷一天的疲惫，最后昏睡在各自的床上。

　　因为彼时，正值数九寒冬，所以家里的暖气烧得很热，我和沈小姐喜欢去买最辣的卤味，提着听装啤酒一路走回家。进屋之后，啤酒比冰柜里拿出来的还要爽口，配着够麻够辣的卤味，一时之间，嘴巴里好像炸裂开来。

　　当时我和沈小姐在看一档节目，一般都是恋爱出现矛盾后，一方在节目上向另一方道歉，祈求和解的桥段，虽然有些一看就是假的，可是我和沈小姐依然看得不亦乐乎。

　　记得有一期，说的是一个女人要和丈夫离婚，丈夫一直都不肯在离婚协议上签字，所以妻子索性玩起了失踪。男人上节目，就是希望找到女人，重修旧好，而女人则表示不可能了，至于离婚的原因，女人说，她为了丈夫放弃了自己的整个世界。

　　节目上，男人质问女人，你曾经说过"为了我可以放弃整个世界的誓言"难道是放屁吗？

　　全场哗然，嘉宾都对男人怒目而视，特别是那些女嘉宾，大声质问男人凭什么要女人为了他放弃全世界。

　　我和沈小姐各自喝着啤酒，嘴里早就问候了这种渣男全家。

女人说，结婚之后，因为丈夫不希望自己在工作上投入的精力多过家庭，所以她就辞掉了这份看上去可有可无的工作，一心准备怀孕生子，然后孝敬公婆；因为丈夫不喜欢家里有别的外人走来走去，所以她就谢绝了保姆和婆婆的帮忙，一个人在家带孩子，操持着柴米油盐；好不容易熬过去第一年，可以到外面偶尔散散心了，丈夫又说不喜欢自己身边那些光鲜漂亮、有自己生活的闺密团，于是她干脆退出了曾经的圈子，做一个渐渐被人遗忘的职业家庭主妇。

没过多久，猜忌、怀疑和怨怼逐渐成为两个人之间的主要矛盾，在无休止的争吵之后，剧情很老套——她在丈夫的手机里发现了别的女人出现的痕迹。这个女孩子年轻、漂亮、富有活力，完完全全还是属于这个社会最朝气蓬勃的那群新生力量。

女人如遭当头棒喝，瞬间苏醒了，她终于知道自己的领地被自己越缩越小，最后画地为牢了。

女人上节目的时候，完全不像生了孩子的母亲，失踪的这段时间，她又做回了自己，重新找了工作，重新走回原来的圈子，重新开始了自己的人生。她拒绝了丈夫破镜重圆的要求，在丈夫气急败坏地大嚷大叫时，她提出了找律师，通过法律途径解决问题。

她在最后对丈夫说："我为你放弃了全世界，却无法得到

你的全世界，这样的相处连人与人之间的平等都没有做到，
又何来爱情呢？”

节目看完，我和沈小姐对视了一眼，都不太愿意承认
自己都有一个类似这个男人的前任，有点无奈之余，却又
无比庆幸自己脱离了苦海，于是相互碰了碰易拉罐，干了
杯中酒。

我说：“这卤味太过辛辣，不如明天咱们自己回来做点
酱牛肉好了。”话音还未落，沈小姐的电话却响了起来，原
来是我们共同的好友要介绍一位优质单身男给她，毕竟沈小
姐自从她的上一段感情结束后，就“空窗期”了很久。

约好了第二天我们两个陪沈小姐一起去见优质男，于是
酱牛肉的事情便也只好作罢。见面的时候，男生的确不错，
什么都好，但也仅仅是好而已。因为我自己尚且心烦意乱，
所以也不敢轻易帮沈小姐判断什么，只是鼓励她说，感觉还
不错，不如交往着试试看。

后面的二十几天里，沈小姐和优质男并没有如我们所期
许的那样聊得火热，只是隔几天有一搭无一搭地发发微信，
最后便不了了之。等我和沈小姐突然发现，或许神女有心、
襄王无意的时候，事情又出现了转折。

沈小姐说，最烦的就是寒冬腊月的时候在马路上打车，
明明那么多空车，不知道这帮司机怎么就那么多拒载的理
由。因此，每天从健身馆出来，回家的路总是显得异常艰

辛。我俩正冻得哆哆嗦嗦地打车的时候，有一辆车偏偏停在了面前，车窗摇下来一看，是好多天都没什么联系的优质男。他招呼愣着的我们俩说："上车，你俩去哪？我送你俩去！"冻得透心凉的沈小姐拉着我不由分说地钻进了优质男的车。

"我俩准备去超市买点东西，你呢？"我不好意思让人家特意送一程，赶紧问道。

"我刚从超市出来，准备回家做酱牛肉，哎？你俩吃不吃酱牛肉？等我哪天做好了给你俩送去？"优质男明显是问沈小姐。

"好啊，那你顺便来吃个饭吧？"沈小姐也不傻，于是就提议到。

"行啊，正好给你露一手！"优质男倒也很爽快，并没有什么谢绝的意思，好像前几天没有联系的事情并未发生过。连我这种不明真相的群众也怀疑，是不是沈小姐犯了什么傲娇症的毛病？

回去之后，我问称得上白富美的沈小姐："你是不是又把大水瓶座的神经病气质展露无疑，所以人家才不敢和你说话了？"可是她却根本不承认，还拿了聊天记录给我看，确实也并没有什么不对，两个人就是自然而然地愉快聊天，然后就没有"然后"了。我想，优质男对沈小姐，多多少少还是有点儿意思的，所以就鼓励她主动点，好好收拾收拾房间，准备过两天请人家来做客。

沈小姐难得点头默许了，还再三要求我也要在场，不然真的很难克服和不熟悉的男子共处一室的心理障碍。的确，我和她都属于一面对陌生人人就板着一张脸，面对熟悉的人就是话唠的那种人，刚走出校门没几天，是做不到像优质男那样老练沉稳地和形形色色的人打交道的。

没过几天，就是约好一起吃饭的日子，我还特意提前回去陪沈小姐打扫房间，然后让她好好打扮一番，和优质男单独去买菜。至于我自己，一会儿就等着吃，然后冷场的时候发挥傻笑的特长便好。

等到沈小姐和优质男买菜回来，一切还是没有什么变化。若说两个人亲近了点，并没有，若说有没有疏离，也是感觉不到的。反正优质男的刀工很好，沈小姐作为下手也不错，我在旁边看着，心里却总觉得缺了点什么。

优质男从家里带来的酱牛肉是真的不错。他说他挑的是最好的牛腱肉，问我们吃起来有没有什么特别的地方。我一看沈小姐多多少少还是要有点矜持的，那只能由我来担任这种吃货的形象代言了，就问他："这牛肉怎么这么入味，是吃调料长大的吗？"优质男也笑，说并不是，只不过为了入味，提前两天就已经做好了，然后泡在卤汤里。

我说："你还挺上心的吗！"

优质男说："是啊，做好了一大锅给你们拿了点，还给我的朋友也都送了几块。"

我扫了一眼沈小姐，看清楚了她眼睛里的怅然若失。

那顿饭吃了什么菜，我早都不记得了，只是优质男走了之后，沈小姐说，感觉还是不对。因为这个男人，对人很好，但是他对谁都很好，他已经习惯了这种对谁都好的相处方式。我心里也知道，这个男人可能真的没有和沈小姐交往下去的意图，只是出于一种礼貌才继续斡旋下去，所以那顿酱牛肉就是最后的晚餐。

我和沈小姐摇摇头，打开冰箱拿出了存着的啤酒，就着酱牛肉继续吃起来。越吃越觉得，这感情并不是要多优质的男人让自己去奔赴，而是在这样的寒冷天气里，可以舒服地抱在一起相互取暖。对于彼此来说，心中是不会计较谁付出多少的，因为那种自由自在的感觉，才能满足一颗孤寂的从最内心深处产生的需求与渴望。而那些需要我们过分迁就对方，委屈自己，甚至打碎牙齿活血吞的爱情，都是不良资产，必须尽早从我们的人生中拆分出去，才能更好地让自己看清这个万物生长的世界。

就像三毛对荷西说："如果我不爱他，他是百万富翁我也不嫁，如果我爱他，他是千万富翁我也嫁。"

就像李小冉对徐佳宁说："今日嫁得良人，感谢当年不娶之恩。"

就像周公子跑完了21年爱情长跑，高圣远说："终于等到你，还好我没放弃。"

就像莫文蔚接受采访时说："在Johannes眼中，我依然是那个17岁的女孩。多庆幸，这么晚还能遇见他。"

就像谢霆锋在分手12年后对王菲说："最痛的是和你的感情，最想重来的也是你，谢谢你，还能接受这样的我。"

一个人到底是否值得自己托付终身，其实自己心底是知道的。就像沈小姐其实并不喜欢吃塞牙的酱牛肉，因为她以前做过牙齿矫正，而这次她却没有对优质男说。

我也终于想明白了自己在上一场爱情中败给现实的原因，之所以迟迟没有对以后做出打算，可能更多的是对方并没有想过那个"有我存在"的"以后"。

在一份优质的感情中，发展的过程是顺其自然的，得到的结果是水到渠成的，我们的生活不是港产片，没有那么多曲折离奇的经过，也不需要一段猜中了开头，却猜不中结尾的感情。当两个人心系彼此，慢慢在时间的打磨下水乳交融，这样的感情才会让一生显得更加岁月静好、温暖动人。

我有个同学是典型的学霸，上了大学之后成为那所理工学校的学生会主席。她的气场本就十足，并且工作能力也很强，所以一众男生对她都不敢有什么觊觎之心。我常常想，肯定有一天会有个道行更深的男人压住她，让她甘愿变成绵羊。可后来这个丫头居然被一个典型的南方少年俘获了芳心。在这个小男生面前，她从未刻意收起内心的柔软，也没有时时刻刻保持坚强的模样，让我都不由得感叹这个男孩子捅出来的温柔一刀。

有人反反复复争论，林徽因作为一代传奇白莲花代言人，选择梁思成到底是为了什么？我们不能否认，是梁思成能带给她优于徐志摩的物质生活。但是，同样梁思成也是那盘搭配林徽因一人千面的最好的酱牛肉。

林徽因要做女神，那梁思成就竭尽全力给女神创造条件。而林女神也的的确确没有白白读了那么多书，深谙诗经之道。诗经里有一篇说了："投我以木瓜，报之以琼琚。匪报也，永以为好也！投我以木桃，报之以琼瑶。匪报也，永以为好也！投我以木李，报之以琼玖。匪报也，永以为好也！"

林女神确实也做到了用自己的实际行动和梁思成永以为好也。

梁思成带着林徽因，在炮火纷飞的年代颠沛流离。这时候，林徽因换上了铮铮铁骨的那一面，把自己的女神一面小心收好，每个星期走上十多里路去教英文，用来补贴家用。当梁思成用来测绘的专业皮尺弄丢之后，林徽因偷偷跑到黑市上，用大半个月的薪水买来一个新的送给梁思成。林徽因同梁思成，在这种出于爱的你来我往中慢慢地升华感情，甚至比从前的青葱岁月里还要深刻。

好的爱情是她在闹，他在笑，那笑里不允许有一丝勉强，也由不得你有一丝不甘，因为爱情，太过复杂就不对了。往往最让人心驰神往的一瞬间，就是决定一同分担、相互包容的那一刻。就像那盘好的酱牛肉，最好的部位并不是纤维清晰可见的那块，也未必就不可以带点筋骨，做出一锅好的卤汤，如果再有足够的时间加以入味，用心的结果总不会太差。

我们这一生兜兜转转，总是在山一程、水一程的路途中遇见很多事情，总会在这些千滋百味的历程里遇见很多人。其实无论何种境遇，错过和重逢，都终将把更好的人带到自己身边。

所以，爱情是最平凡的相遇，一如那盘酱牛肉，总会找到最美味的食用方法，总会有最让人难以忘怀的搭配，哪怕需要多一点的时间来入味，晚一点也没有关系。

那些需要我们过分迁就对方，委屈自己，甚至打碎牙齿活血吞的爱情，都是不良资产，必须尽早从我们的人生中拆分出去，才能更好地让自己看清这个万物生长的世界。

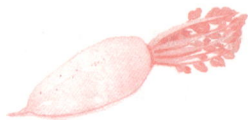

奶香
大米糕

食材：

奶粉、酵母、白糖、大米粉

步骤：

1.准备一个大陶瓷杯，冲调奶粉，加入少许酵母，再加入一点儿白糖调味，搅拌均匀。

2.之后，再倒入磨好的大米粉，搅拌均匀，做成牛奶大米糊。

3.取一个上锅蒸的容器，内壁刷一层薄薄的油，把牛奶大米糊倒入容器中，盖上保鲜膜，等待发酵。

4.牛奶大米糊发酵好，撕掉保鲜膜，撒上一小把黑芝麻。

5.将撒好黑芝麻的牛奶大米糊上锅蒸了近半小时。

6.蒸好后，冷却，用小刀切成小块即可。

奶香大米糕

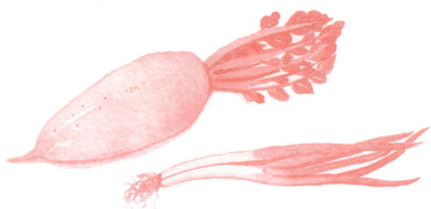

　　柳个是我在江西老家的一个朋友，是很聪明可爱的一个人，不过家庭条件确实特别差，爷爷、奶奶、爸爸、妈妈和她，一家人挤在两间会漏雨的房间里。这姑娘最惹人爱的一点是，从来不抱怨，永远在努力奋斗。如果说我现在有一点点小成绩，其实也全靠那姑娘给我的向上的力量。

柳个生得文文弱弱，偏偏又是这样的家庭，身体自然比正常人差好几倍。她的父亲整日游手好闲、无所事事，对她更是非打即骂。

柳个的胃特别不好，家常便饭吃不对，她都会胃疼。她的奶奶看着整天被胃病折磨得死去活来的孙女，于心不忍，偷偷地拿自己的退休金给她开小灶，做得最多的就是奶香大米糕。

奶香大米糕，顾名思义，"有奶有大米"。这里面的奶用奶粉就好，大米不是大米粒，而是大米粉，把大米打磨成大米粉是一项精细活。通常，大米要在料理机里打好几遍。第一遍打得不够细腻，就用筛子把大块米粒筛选出来，再放入料理机中打成粉，重复打磨，直到大米粉足够细腻。

毫不夸张地说，柳个就是吃奶香大米糕长大的。

人有悲欢离合，月有阴晴圆缺。总有人会离开，永远离开。比如，柳个的奶奶。

她奶奶离世的时候，她刚好上大学，从此十几年就没有回过故乡。

她的第二故乡是胡穹昂给的，一个会做升级版奶香大米糕的男生。

公司有一次安排一大批人出去调查市场，柳个被派到华尔街。工作之余，她就去逛书店，胃疼，她想着忍一会儿就好了，结果越来越疼，最后竟然疼晕过去了。

　　醒来的时候，她已经在医院，旁边还有一盒奶香大米糕。这一刻，柳个相信世上是有轮回的。她狼吞虎咽地吃完一盒，还是不过瘾，也许是太长时间没有吃这个东西，她拼命想抓住一点味道，却什么都没有留下。

　　这盒奶香大米糕，跟柳个奶奶做得不太一样，更纯净，奶香味更浓，还有上面的黑色芝麻，又脆又香。

　　白色的米糕配上黑色的芝麻，简约又亮堂。这是柳个吃过的颜值最高的奶香大米糕。

　　胡穹昂进病房看到透明的盒子里，不剩一点米糕，顿时自豪感爆棚，出国这么多年，还是第一次有人把他做的奶香大米糕吃得这么干净彻底，很多人都只是尝一口，觉得没有味道，就不吃了。

　　胡穹昂在病房坐了半天，也没和柳个说几句话，但他一点儿都没感到无聊，他在病房被浓浓的安全感包围着，安静祥和的氛围，实在太让他留恋！

　　柳个一上午心里只顾着小兔乱撞，每次都是欲言又止，她不知道怎么开口。多年没跟男生安静地待在一起，突然面前一个大活人，她感觉交流真有点困难。

　　一个电话，胡穹昂要去新奥尔良。柳个一急，问了句："我可以跟你一起吗？"

　　这算私奔吗？！

　　胡穹昂还没有反应过来，柳个又接着说："公司也有在新奥尔良的业务，我去那边也有工作。"

就这样，两个人结伴而行，来到新奥尔良。

人越长大，越相信这个世界上有一见钟情。胡穹昂对柳个就是绝对一见钟情，不然怎么会直接把她带到自己在新奥尔良的家？在外多年，尤其是美国这种自由持枪的国家，他更是谨慎行事，同事之类是绝不会往家带的。

柳个的身体素质真的很差，刚到新奥尔良，感冒加口腔溃疡，直接卧床一星期。这段时间，柳个一直昏昏沉沉，脑袋像被拴了个大铁块，沉得抬不起来。

胡穹昂请假在家，一直照顾她。鲫鱼豆腐汤、拔丝苹果、三鲜海参粥、可乐卤鸡蛋、剁椒鱼头、芝士千层面……能想到的做了一遍，柳个都是没吃几口就放那了。

胡穹昂突然想起来，第一次送柳个去医院，她把奶香大米糕吃得干干净净的，一定就是这个了。

胡穹昂熟练地取出一斤大米，放在料理机中打成粉状物，第一遍过后又认认真真地过筛一下，将筛剩下的继续放入料理机中打成粉状物，重复打磨了几次，直到大米粉足够细腻。

柳个在旁边迷迷糊糊地看他把打磨后的大米粉全部过筛到一个可爱的熊猫瓷盆里，她在那一刻仿佛看到了奶奶把大米粉放到家里生锈的铁盆里，两个人的动作、形态实在太像了。她好想时光慢一些，再慢一些，永远停在这一刻，她可以抓住绕在指尖的温暖。

爱情就是这样，我喜欢你，并不是因为你是谁，而是你给了我别人给不了的感觉。

胡穹昂又拿起一个大陶瓷杯，冲调奶粉，加入少许酵母，再加入一点儿白糖调味，搅拌均匀。之后倒入磨好的大米粉，胡穹昂唱着童歌，欢快地搅拌着牛奶大米糊。

大概每个给喜欢的人做饭的人，都有一颗幸福的冒泡的心和躁动不安的灵魂吧，这会儿的胡穹昂就幸福得直冒泡！

胡穹昂把要做成奶香大米糕的牛奶大米糊搅拌均匀后，取一个上锅蒸的容器，小心翼翼地在内壁刷一层薄薄的油，蹑手蹑脚地把牛奶大米糊倒入容器中，盖上保鲜膜，等待发酵，像在等待他们快要发酵的爱情一般。

柳个看到突然转身的胡穹昂，赶紧闭上双眼假装睡觉，但是红扑扑的脸颊出卖了她。看到这样的柳个，胡穹昂简直爱死她了。他故意坐在柳个的床边不走，看着她微微颤抖的睫毛，胡穹昂的心也是怦怦直跳，暧昧的空气越来越浓。

胡穹昂越来越陶醉于这种氛围的时候，手机闹铃突然响了，牛奶大米糊发酵好了，他赶忙去厨房撕掉保鲜膜，撒上一小把黑芝麻。天知道，他撒芝麻的时候，手是多颤抖，多心惊胆战，怕这一片撒少了，那一片撒厚了。

原来，爱情是这么难以捉摸、心思不宁。一切风平浪静的背后，都是波涛汹涌的热情。

撒好芝麻，刚好水开，胡穹昂将发酵好的牛奶大米糊上锅蒸了近半小时。蒸好后，冷却一会儿，用小刀切成小块，端给柳个。

朋友啊，这不是简单的奶香大米糕，这是胡穹昂躁动不安的心啊！

柳个，一个小女生，在外单打独斗这么多年，她看了太多的世态炎凉。半夜胃疼得睡不着，自己咬着袖口挺到医院，一个人挂号、打针、回家做饭，如果没有遇到胡穹昂，她以为所有人都是一样孤独又坚强地活着。这些小小的温暖，她已经很满足了。

老天啊，要如何才能留住他？

心安即归处！

柳个的心安处是一碗奶香大米糕，很奇怪吧，但每个人在世总会有那么一两个奇怪的癖好。

柳个是个极其没有安全感的人，心里对胡穹昂喜欢到天上，嘴上却一直闭口不提。她害怕被拒绝，她要让自己处在绝对安全的圈子里。

几经辗转，他们到了四川。胡穹昂要看望他的小学老师，柳个随便找个理由跟着他一起来了。只要能跟胡穹昂在一起，只要能吃到温软的奶香大米糕，只要能感受到奶奶的一点回忆……

柳个在等，等胡穹昂开口给她一个承诺。

他们一前一后，走在空荡荡的街上。柳个低着头，把书包紧紧地抱在胸口，道路两旁灯火通明，寒风冷飕飕地直往脖子里灌，她不由得把书包抱得更紧。

这种场景太适合回忆，大学之前她依赖家庭，是她最贫穷的一段时间，她每次嚷着让奶奶给她做奶香大米糕，奶奶总是一把抱着她，让她小声点，悄悄地在她耳边说："别让他们听到，我的退休金就那么多，只够买你一个人的奶粉。"

想到这里，她突然蹲下来，紧紧抱着自己，她终于明白奶奶抱她那一刻，心里藏着多少心酸和无奈。

奶香大米糕，注定是她这一辈子过不去的坎儿。

他们一前一后，竟然来到四川著名的欢乐谷。胡穹昂给柳个一个许愿牌，但她也不知道往上面写什么，就待在原地看胡穹昂一笔一画，在许愿牌上写下两行小楷。

本来柳个整个人是死气沉沉的，但看到胡穹昂在欢乐谷的许愿牌上写"我想给你做一辈子奶香大米糕"时，她知道自己的幸福生活就要开始了！

天下本无事，庸人自扰之。原来胡穹昂是喜欢自己的。世界上最幸福的事，一定是你喜欢的人，也碰巧喜欢你。

柳个从大学开始，就想要安稳的生活，有一个安慰的家。她不要宝马，不要玫瑰花，甚至可以租房子。她只想夫妻两个人一起拖地板、一起吃晚餐、一起等公交车回家，她愿意把每天的琐碎和繁杂、焦虑和不安都和另一个人牵手与共。

胡穹昂在柳个这里第一次感受到被需要，他很早便出国，身边一直都是"卧虎藏龙"，他从来只是默默无闻，第一次有女生愿意跟着他，辗转流浪在世界的各个角落。

在柳个跟着他回国的时候，他就觉得一定不要错过这个单纯的小姑娘。

还是那一句，人有悲欢离合，柳个公司紧急召她回去，分开三个星期。胡穹昂写了整整一本日记，只有三句话，"青青子衿，悠悠我心，纵我不往，子宁不嗣音？青青子衿，悠悠我思，纵我不往，子宁不来？挑兮达兮，在城阙兮，一日不见，如三月兮。"冰箱里堆了一盒又一盒的奶香大米糕。

这么多年来，胡穹昂一直把"往前走，不回头"奉为人生信条。管他呢，先飞去找柳个，往前走，不回头，想做的事，现在就做！他先将一冰箱的奶香大米糕邮到柳个公司，接着拿出所有积蓄，买个大钻戒就奔向柳个的城市。

这一刻，我才相信，爱情里的人都是疯子。还有一种可能，每一个不情愿优雅地老去的人都是为了报复年少的不敢做、不敢当。

在胡穹昂求婚前，我问他，为什么对柳个这么痴情？

他笑笑说："柳个不在，我胡穹昂精湛的厨艺，也没有人欣赏。"

有的人出现在生命中，不是为了告诉你他曾来过这儿，而是直接改变你的人生轨迹，为了陪伴你走过余生。

胡穹昂求婚的那天，我也在场，被活生生地塞了一大口"狗粮"。他单膝跪地，对柳个说："相信我。"

胡穹昂从来没有对柳个说过"我爱你"，但是也从来没有离开过。

　　　　大概每个给喜欢的人做饭的人，都有一
　　颗幸福的冒泡的心和躁动不安的灵魂吧！

黑暗料理

食材:

香蕉 蓝莓酱 芝士

步骤:

1. 香蕉切片

2. 撒好一层蓝莓酱

3. 撒好一层芝士

4. 烤箱大火烤8分钟即可

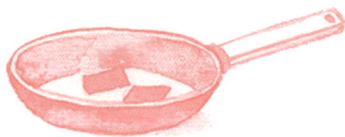

黑暗料理

　　凌晓五说："会做饭的男人，人品总
该不会太差。"

　　对于这一点，我实在有些不敢苟同。
至于我不敢苟同的原因，并不是因为这句话
有什么不妥，而是凌晓五实在不是个读过很
多书的人，也实在不是个合格的吃货。

　　凌晓五高中毕业后就没有继续上学，

这几年做过美容院的护肤小妹，做过商场的电器促销员，做过影院的前台售票……总之，为了生计，凌晓五可以说是三百六十行，几乎尝了一遍。这样的凌晓五，对于吃并没有太高的要求，只要可以填饱肚子，无论多么简单的一顿饭都能让她非常满足。

而在对于恋人所需具备的条件上，凌晓五说："我的要求并不高，会做点饭就很好。"

凌晓五说："要知道，会做饭的男人能把自己放在烟火灶台间，把所谓的事业抛在脑后，这是多么大的牺牲呀！"说这句话的时候，凌晓五拿着半包榨菜和一个馒头啃得正欢。

我对于这个姑娘这么低的要求实在有些说不出话来，毕竟看着那些二十出头的姑娘哒哒哒地踩着高跟鞋，高傲地甩甩头发，貌似不经心地看一眼从豪车上下来的男人，我多多少少还是有些佩服的，佩服她们那颗带有侵略性和目标明确的心。

凌晓五也是一个让人看不出她身份和职业的姑娘，烈焰红唇的时候，她可以自如地挥动刀叉切好牛排，伪装成某个土豪家的富二代千金；素面朝天的时候，她也可以言笑晏晏地吃一碗牛肉面，让你觉得她是个普通的女大学生。

凌晓五说："张小娴可写过'拥抱一个爱做饭的男人，才是得到一张真正的长期饭票！'所以不管我凌晓五以什么样的姿态出现，找一个会做饭的男人，我才能安安稳稳地过完这一辈子。"

有时候，她说起这些，真像一个合格的女文艺青年。

所以，这样的凌晓五找到陈建国的时候，我还是有点意外的。

第一次邀请我去她家吃饭，凌晓五说："亲爱的，陈建国手艺好得很！"当时的我实在是有点天真，以为这下凌晓五不是找了个大厨就是找了个大厨啊，这样一来，我们偶尔一次的打牙祭也算有了主办方。可是，陈建国的菜都上齐了，我却真想给那个想法简单的自己几个大嘴巴。

饭桌上，西红柿炒蛋里的鸡蛋虽然黄灿灿的，可是碎得好像西红柿炒小米饭；南烧茄子根本就看不出个数，如果她不说，我可能以为那是一盘炸酱面的肉卤；至于那个冬瓜排骨汤，夏天吃可能是挺不错的，清汤寡水的样子好像就是烧开的白水。

面对我迟迟不肯动筷子的表现，凌晓五乐不可支。她说："你知道吗，陈建国对我表白的时候，说的可不是'我爱你'，他说'凌晓五，以后咱俩在一起，我不让你下厨房，我可以每天都给你做饭吃。'当时我就知道，我找对人了！"

凌晓五真的找对人了，陈建国坚定地接下了这个"饭班儿"，的的确确没有被那个"女人就该做饭"的传统思想所约束，在他的眼里，这个做饭的活儿，是他对凌晓五爱的告白。

凌晓五说："你知道吗，我上初中那年，我妈因为车祸去世了，留下我和我爸俩人。我爸在工厂工作，天天三班倒，我家的饭以前都是做好了放在那里，他进屋就可以洗手吃饭了。没有想到，我妈突然就这么走了，我当时也挺没心没肺的，料理完我妈的丧事，我问我爸，'老凌，咱俩以后吃什么啊？'我爸有点迷茫，不过他马上很坚定地告诉我，'放心吧小五，爸肯定把你喂成大个儿，漂亮，白！'从那以后，我爸的'黑暗料理'就伴随至今。"

我第一次见到凌晓五，她是朋友推荐给我的投资顾问。当时我记得凌晓五正打开保温饭盒，要吃午饭，我看着她饭盒里的东西有点好奇，她冲着我笑笑，然后说："这个吧，是我爸爸的爱心黑暗料理，这里面的东西你就别问我是什么了，我说完你肯定今天都不用吃饭了！"凌晓五的眼波流转、顾盼神飞，她面前的保温饭盒也散发着诡异的光芒。

对于凌晓五家的"黑暗料理"，我后来是听说过的，比如菠萝古老肉，她爸能做成菠萝古老鱼，比如素炒三丝，她爸能做成苹果白菜炒圆葱，再比如牛奶阳春面、豆浆鲫鱼汤，那些形形色色的东西没把凌晓五吃到英年早逝，真的已经很不容易了。

凌晓五说："我爸有一次跟我说，'小五，以后你找的那个男人可能不会说出什么惊天动地的情话来，但他一定会把对你的感情当成一种责任。你要能够看到实实在在的生活里，到处都有他对你的爱。你下了班回到家，他能给你端出热乎乎的菜饭；你早上睡懒觉到中午，他能给你准备好稀饭热汤；你想下厨做饭的时候，他能耐着性子陪你去市场买点活鸡活鱼，这样的男人，我才能放心把你交给他。'"凌晓五说完，看看在那儿收拾厨房的陈建国，眼睛有点亮晶晶的。

《道德经》中有"治大国，若烹小鲜"，倘若一个七尺男儿在柴米油盐酱醋茶的烈火油烹里能端出一桌果腹的菜肴，能小心翼翼地把烹调后的战场打扫得干干净净，足以见得其内心对这个世界的包容。而在这个浮躁的环境里，能做到这样包容的人其实并不多。大多数年龄足够的剩男剩女为了所谓的爱情四处奔走，其实归根结底，还是因为对于他人的缺点无法容忍，对不同于自己的习惯无法包容。

凌晓五认识陈建国是通过朋友介绍的，可是那个时候她并没有任何看上陈建国的想法。但是，第三次见面之后，凌晓五突然有点意识到，陈建国是个可以培养的对象了。

凌晓五说："那天吃完饭，不，饭还没吃完呢，陈建国就又去跑厕所了。我这个人神经比较大条，从来都没注意过，每次和陈建国吃饭，他都跑厕所。那天我刚刚意识到，好像三次见面，我俩吃的都是辣口。第一次是四川菜，第二次是九宫格火锅，第三次是巫山烤鱼。每次我说吃什么，陈建国都说'听你的，我没有忌口'，我也没理会那些，大热天的就想吃点辣，解解心宽。"。

陈建国听见我和凌晓五的对话，从厨房探出头说："解解心宽好啊，你一解心宽，我这肠子也解解心宽了，排毒排得那叫一个顺利！"

我哈哈一笑，调侃道："凌晓五，你家陈建国也不是个闷嘴的葫芦啊！"

凌晓五点点头说："可不是吗，但是当时他可没这么多话，连自己一吃辣就跑厕所都不肯说呢！"凌晓五和陈建国互相对望一眼，那里面的情真意切我看得清清楚楚。

凌晓五说："我小的时候，隔壁邻居是老凌他们厂子的车间主任。我管他叫二大爷，好像从我记事开始，二大爷和二娘就天天吵架。三天一小吵，五天一大吵，那么多年，我都纳闷儿他俩为什么不离婚。每次两个人一吵架，他家孩子就来我家写作业，开始我家老凌还会去劝劝，后来干脆也跟没听见一样，反正俩人最后也一样能和好。"。

"前几年，老凌跟我说，二娘得了癌症，就快不行了。我去医院的时候，看见老太太精神状态居然出奇地好，二大爷也没有什么伤心的表情，说话还是粗声粗气的，嗓门儿特别大。我走的时候，二大爷送我出门儿，我说，'二大爷，您保重身体。别太难过了。'二大爷摇摇头，'小五啊，你二娘跟我吵吵闹闹一辈子，再吵再闹我俩都互相忍过、让过，她走了，我真的不知道谁能忍我、让我。没个人和我吵了，我也真是没什么意思了。'我走之后没多久，二娘就去世了，再后来不到一个月，二大爷也走了。我当时心里想，'这回我也要找一个能和我互相忍让的人，陈建国不会做饭，但他愿意为了我去学，他不能吃辣，但他愿意为了我去吃，这样的人我不知道还能不能碰见第二个了，为什么还要继续去找呢？'"

对于自己的决定，凌晓五显然是很开心的。这时候，陈建国从厨房的烤箱里拿出来了所谓的"饭后甜点"。

"这是什么？"我看着那烤盘里黑漆漆的一团，有点食欲不振。

"这叫蓝莓香蕉烤蛋糕。"陈建国说完，还得意扬扬地端起来示意一下。

"你告诉我蛋糕在哪儿呢？"我指一指这一坨不明的糊状物。

"这个吧，确实，和我想的……不太一样。"陈建国挠挠头，也感觉有点掉链子。

"没事儿，反正我家小五减肥，你俩吃这个肯定不发胖！"陈建国给自己打了个圆场。

"你看陈建国，生活态度多乐观、多积极、多向上！这么失败的一顿饭，他都能找出个理由让你吃下去，我以后还愁吃不饱饭吗？"凌晓五明显非常满足。

《圣经》上面有一段话说的是：爱是恒久忍耐，又有恩慈。然而真正做得到爱、恒久与忍耐这三件事的羔羊，并没有上帝所希冀的那么多。

在爱情的路上，忍耐意味着消磨自己的时光，这种并不能使人立竿见影感觉到的幸福，其实才是爱情最终的模样。

我们也许会在爱情的初始阶段愿意信誓旦旦地说着付出一切的情话，但是当爱情的甜蜜期过去，矛盾开始凸显的时候，才是最难选择的阶段。伴随着对于他人的忍耐，我们往往付出的是自己的恩慈，而对于他人给自己的恩慈，很多时候恰恰也是别人对于自己的忍耐。

看来，我该考虑以后是不是隔一段时间就来凌晓五家吃一顿黑暗料理，然后用这些奇奇怪怪的东西温暖一下自己的心了。

在爱情的路上，忍耐意味着消磨自己的时光，这种并不能使人立竿见影感觉到的幸福，其实才是爱情最终的模样。

山笋煲鸡

食材：

山笋 母鸡 水 香菇

步骤：

1. 山笋切片，香菇切块备用
2. 母鸡肚内塞入辅料
3. 大火将水煮开后放入食材
4. 小火熬炖，以保持食材原味最佳

山笋煲鸡

　　我们常常说的"煲"，就是加入足够量的水，再用文火慢慢地熬煮食物。这个煲，就要求在做料理的时候需要烹调很长时间，没有足够的耐心是很难驾驭这种烹调方式的。很多时候，我们的感情世界也一如这个"煲"字，只有天长日久地相处，才能品出其中的味道。也恰恰像那句话说的一样：陪伴是最长情的告白。

我的表妹林娇娇从福建回来，突然有点少女怀春的样子了，我看着这个才上大学的小丫头，有点儿好奇她一向没心没肺的天真为什么就没有了。

我戳一戳她的脑袋，戏谑道："小妞儿，你去了趟福建，怎么学会含蓄了呢？"

林娇娇不服气，嘟着嘴撒娇："表姐，我哪里有嘛！"

我看着林娇娇有点发愣的眼神："可是把心落在了鼓浪屿？"

"表姐，你把大姨这道竹笋煲鸡交给我吧！"林娇娇看着我在厨房收拾那只肥鸡，突然说。

"你可是一向十指不沾阳春水的小表妹！"我突然对这个连自己衣服都要妈妈洗的小姑娘所提出的要求感到诧异。

我停下手里的活儿，问她："林娇娇，你告诉我，你是不是谈恋爱了？"

林娇娇没有否认，却也并没有点头："表姐，这次去大姨家小住，我的心情有点不一样了。"她望着我，眼睛亮晶晶的。

我和林娇娇是表姐妹，我姥姥当年也是生下来三朵金花，林娇娇的母上大人作为家里的幺妹儿，自然也是最后一个喜得贵女的人。而林娇娇说的大姨，则是我们俩如假包换的亲大姨。

　　我大姨的故事，其实并不像她两个妹妹一样一帆风顺，只是现在的日子却渐渐安稳起来，和我们的大姨夫住在福建。这个夏天的暑假，林娇娇就是去大姨那里过的。

　　如果说两个小妹是平分秋色的娇俏，那么我的大姨则长着一副最标准的贤妻良母的模样。曹雪芹先生那形容林妹妹的"两湾似蹙非蹙罥烟眉，一双似泣非泣含露目"，其实更像我的大姨。只是后面那句"态生两靥之愁，娇袭一身之病。泪光点点，娇喘微微。闲静似娇花照水，行动如弱柳扶风。心较比干多一窍，病如西子胜三分"，却和大姨大不相同。

　　大姨的长相略英气一点，性格上也多了身为长女的刚毅和坚强。年轻的时候，因为姥爷被下放到农场，大姨和姥姥就带着我妈和二姨两个拖油瓶一起跟着去了。带着"广阔天地，大有作为"的梦想，大姨毫不犹豫地投身到知识青年上山下乡的队伍里。

　　在插队的时候，大姨结识了她的初恋，也是那个曾经被我叫作"大姨夫"的人。动荡结束之后，两个人一起回到城里，喜结连理，婚后没多久，就生下了我表哥。再然后，大姨夫紧跟改革开放的浪潮"下了海"，也正是随着日子慢慢富裕，他开始和大姨争吵，在一次动手之后，大姨二话没说离了婚，带着表哥净身出户。

　　那时候，大姨只是一个普通的会计员，工资虽然不多，可是花销却并不少。因为从小饱读诗书，所以对表哥的教育自然少不了投入。那时候，大姨一个月三十几块钱的工资，去除和表哥两个人的日常开支，剩下的都拿去让表哥学习小提琴。在我们这个小城市，小提琴老师屈指可数，要想真正有所造诣，还是得去大城市找名师指导。

眼看着每个月到手里的钱越来越少，表哥的开销越来越大，需要的指导老师水平越来越高，大姨毅然决然地辞掉了工作，带着表哥去了上海。

大姨人长得美，身材又高挑，所以这第一桶金就是做服装批发生意，也是做这生意的时候，大姨认识了现在的姨夫，我和林娇娇两个常常偷偷称呼这个姨夫为"阿土"。

想起这些陈年往事，我才想起来问林娇娇："姨夫身体怎么样了？"

"姨夫好着呢，还是阿土的样子，黑黢黢的小老头一个。不过，不知道为什么，感觉现在看他和大姨走在一起，顺眼了不少。"林娇娇一直毫不避讳地认为，阿土的样子是配不上大姨的。

的确，当时的大姨风姿绰约，刚刚干起服装批发的小买卖，自己也常常找些利落大方的衣服给自己做广告。大姨不盲目跟随潮流，只选择那些适合自己的衣服穿，170cm以上的身高，让她走在服装市场都很动人。而那个时候的阿土，只是个又瘦又矮的中间商，每一次大姨从工厂拿了货，就转卖给来自各地的中间商，再由他们四散给各地方的零售商。

阿土的老婆生完孩子就得了抑郁症，孩子未满周岁就自己结束了生命，他一个人当爹又当妈，抚养儿子长大。做服装生意的时候，如果赶上儿子寒暑假，他就带着儿子从福建往上海跑，常常是天还没亮就下火车，进完了货再赶最晚一班的火车坐回福建去。中间肚子饿了，就用面包凉水凑合一下。

有一回，阿土又去大姨那里进货，大姨在摊子边上支了个小小的电饭锅，里面咕嘟咕嘟煮着的就是用我姥姥秘方做的竹笋煲鸡。阿土满头是汗地在那算账，儿子却馋得直流口水，眼巴巴地看着那冒着热气的电饭锅。

大姨看到了，不免心疼起来，于是给阿土的儿子舀了一碗。这一碗还没喝完，大姨就给他再续上，这一碗，一直到晚上批发市场关门才喝完。从那以后，每逢阿土来找大姨进货，大姨都会准备一锅竹笋煲鸡等着父子俩来。阿土倒也是很有心的，常常在自家后山上挖些最新鲜的竹笋，央求他家隔壁的邻居帮忙晒成干，然后带来给大姨吃。那时候，连着我们在这个北方小城，也常常能吃到大姨从上海转寄过来的产自福建的笋干。

"大姨他俩还去挖竹笋吗？"我一边把水盆里泡开的竹笋捞出来，一边问林娇娇。

"嗯，可不是吗，不仅挖笋，阿土还给大姨种了好多青菜，全是大姨喜欢吃的，大姨平时就在院子里喂喂狗、浇浇花，本来说好了跟姨夫一起打理菜园的，可是阿土根本什么都舍不得大姨做，咱们家这几个女人还真好命！"林娇娇说起这话，有点羡慕，还有点骄傲。

大姨和阿土做服装批发那几年，阿土的确帮衬了不少，而大姨也总是以最低的价格给阿土批发。过了几年，大姨的生意越做越好，加上审美水平越来越高，索性拿着自己赚的钱开了一家服装公司。那个时候，阿土则决定回家多包几亩地，开始种茶。大姨和阿土就此算是分道扬镳了，两个人谁也没有提这些年的竹笋煲鸡。

林娇娇抓起了一把瓜子，边嗑边说："表姐，我看《欢乐颂》的时候，樊胜美有一句台词说：'有情只能饮水饱，有钱人才能终成眷属。'我当时真的以为大姨是为了钱才嫁给阿土的。"

"可是你没想到，大姨不是樊胜美，而是安迪。"我把肚子里塞满料的鸡连同足够的水放进炖汤煲里，点起了大火，先等着开锅。只见纤维可见的鸡肉随着水温的升高，表皮慢慢绷紧，一副任人宰割的样子，一时间也想到了大姨做生意遇见麻烦的那几年。

不得不承认，这个社会对女人本就有着太多不公平，所以也总是不允许女人太过优秀。大姨的生意做得风生水起之后，就遇到了见不得她好的小人，一时之间，整个公司连带着陷入了危机。这时，阿土从老乡那里听说了大姨的困境，带着自己的存折和茶园的地契跑到了上海。

林娇娇说："我一直以为这阿土是见缝插针，把握住了好时候，英雄救美一样出现在大姨面前，不然大姨绝对不会和他在一起的。可事实上却是，大姨没有要阿土的钱，转让了公司，回到了我们这所北方小城。那时候，表哥已经考上了北京的大学，毕业后就要去国外深造了，大姨则打算回来照顾姥姥姥爷。"

全家人都以为，以后的日子，大姨会和从前一样靠着自己过生活。谁知道没过多久，阿土就来到了我们这个和他土生土长的沿海城市完全不同的地方，租了铺子，做起了茶叶生意。每个月，他都拿着老家邻居邮寄来的笋干到我家蹭饭，这种蹭饭的频率从一开始的一个月变成了后来的一个星期，再后来，几乎天天都会在我家的饭桌上看见他又黑又瘦的身影。

那时候小小的林娇娇问过我："表姐，这个黑老头儿是要给我们当姨夫吗？"而我对于男女之情也有初步的认识，所以并不能给林娇娇一个准确的答复。

当我们倾心于一个优秀的人时，自己就会变得很努力，为的就是能够跟上对方的脚步，从而走出一段更为相配的感情。

当时的阿土，就是心甘情愿地想试着和大姨创造一段彼

此都有所付出的感情吧！这样双方都力所能及地付出，并不
会让人太累，也只有这样的感情，才能让人看到生活的希望
和远方。就像大姨后来说的："一段感情里，最珍贵的东西
并不是简单的相遇，而是我们遇见了之后发现，两个人互相
之间是懂得对方的。这懂得，不是他知道你要什么，而是你
们彼此都知道对方要什么，并且愿意为了给对方创造条件而
付出自己的努力。"

　　好的感情是如此，好的生活更应该如此。这世间原本就
没有什么与郎才女貌共生的金玉良缘，否则也就不会有那
么多的话本子出现。没有那么多配不配，再匹配的爱情，
也不如两人之间适合的默契，爱情尚且需要一番狼狈的你
追我赶，而适合的默契在两个人之间就是足够肆意下半生
的理由。

　　"姨夫家的环境可真好，难怪这些年看了大姨也好像没
老多少。他家山下就是茶园，山上有山泉，有林荫，气候
湿润，我待着一个夏天，也没有被晒黑。"林娇娇突然没
头没脑地说起大姨在福建的生活，而每天奔走在车水马龙
之间的我不禁也有点神往，计划着赶一个年假去大姨家住
上一段时间。

　　就在我的青春被工作入侵之后的第一年，大姨和阿土领
了结婚证，真正变成了夫妻，大姨有点害羞地说："我就
说做朋友很好啦，谁知道他却偏不要，互相照顾也不一定

就要结婚哪，毕竟都五十岁的人了。"面对害羞的大姨，阿土本来话就不多，这下更不知道说什么，只是抿着嘴在饭桌上傻乐。

而上班之后，我知道很多感情会在没有结果的时候无疾而终。越时间长，就越喜欢拖着，不给感情一个真正的结局——一个官方认可且让人安心的结局。所以很多曾经说着要"执子之手，与子偕老"的人，终于在地老天荒之前，厌倦了这种叫作"等待"的东西，因为等待，真的就像是一生最初的苍老。

在满目疮痍的爱情面前，现实而残忍的生活往往就会打败看上去最不可靠的爱情。所以人们会为了生活，第一个舍弃所谓的"爱情"。我想，阿土和大姨都是被生活折磨太久的人，所以在生活面前，他们早已明了。大姨和阿土更像是一场久别重逢、不疾不徐地用独有的相处之道慢慢融合，最后那一纸婚书，并非是源自世人眼中的爱情，更多的是顺应了彼此的相知相伴，心甘情愿地奔赴一场让两个人都觉得特别舒服的生活。

"表姐，其实我也蛮羡慕大姨的，一直都是。我看着大姨和姨夫互相搀扶着上山去挖竹笋，突然觉得原来是没有十全十美的另一半的。之前那些关于白马王子的想象，可能只是想象而已，可以有个人牵着你的手，陪伴着你才是最好的爱情。"林娇娇望着嵌起一半锅盖的汤煲喃喃地对我说。

"娇娇，别被那些小说、电视剧，或者周围的人给骗了，在喜欢的人面前，条件真的只是个词语而已。你还没到成家立业那一步，没有太多的责任束缚着你，所以你这个时候要做的就是活在当下，放松自己爱一场，至于那些女孩子都喜欢的东西，你其实总有一天会得到的，而且越晚拿到手的就越是好的。"我对这个一看就有了心上人的小丫头，倚老卖老地絮叨着。

"我知道，我知道樊胜美那样的拜金主义有她的道理，但是咱们家的女儿就是用钱买不来的，不是吗？"林娇娇每逢提到这件事的时候，就咬定青山不放松地说着自己绝不拜金的原则。

"嗯嗯，是啊，所以全家拿你当公主似的养，就是不想你被一个包包、一双鞋子或者一辆跑车拉跑了啊！"我一边盯着开始冒出香气的汤煲，一边回答着。

"就像大姨，当年如果没有阿土出现，现在可能物质生活也不会差，对吧？我明白的，女人还是要自己努力，要有能养活自己的能力，就像安迪。"林娇娇自顾自地说着。

看着眼前的林娇娇，我想起大姨和阿土领了结婚证之后对我说："女孩子啊，在这个最美好的年纪里，唯一要做的事情就是去享受爱情。倘若你真的喜欢一个人，你跟他在一起的感觉就会很舒服，而你的状态就是最松弛的，只有这样的感情才算是对的。哪怕你和他上一秒还在因为鸡毛蒜皮大吵大闹，下一秒就会因为他的一个拥抱幸福得像花儿一样。你们俩什么都不用勉强，只要对方在身边，就能安心地各自做着各自手头的事，过一段安心的时光，这才是千金难求的青春。"

也是那次之后，我开始学着做这道竹笋煲鸡。从一开始看到布满疙瘩的生鸡皮就反胃，到后来可以镇定自若地选一只上好的三黄鸡；从一开始的连切葱段都会割破手，到现在熟练的刀工；从一开始的烧干到炸裂好几只砂锅，到现在可以端出汤头浓厚的成品，我的人生也恰如其分地随着烹饪技术的提升而渐渐丰满起来。

而这一次，我的表妹林娇娇也要开始试着着手这道竹笋煲鸡了。我看着她，一如看到了当年的自己，或许大姨当年也在我身上看见了年少的她自己吧，那个too young, too simple的少女，才最该收获一颗赤诚的心。

再匹配的爱情，也不如两人之间适合的默契，爱情尚且需要一番狼狈的你追我赶，而适合的默契在两个人之间就是足够肆意下半生的理由。

下酒菜

食材:

花生 洋葱 陈醋 青椒 盐 酱油 糖

步骤:

1. 花生米重油煸熟

2. 沥干油放凉

3. 陈醋烧开加入盐，糖，酱油

4. 醋汁晾凉后浸入炒熟的花生

5. 洋葱、青椒切块一同加入陈醋泡制即可

下酒菜

我在烹饪上的同好白小卿，最擅长的菜肴不是那些精雕细琢的地方菜系，也不是什么如雷贯耳的高难度点心，她的必杀技是下酒菜。

有时候是前天买来的丰满的猪蹄膀，用喷火枪把表皮的杂毛燎去，然后斩成小块，加入秘制老卤的料包，用锅焖上一个晚上，第二天再捞出来放到冰箱里，表皮里的油脂和胶原蛋白凝结在一起，嚼劲十足；有时候是时令青菜，在沸水中过一下，然后丢到冰水里，再一一夹出来，用去年秋天自己秘制的酱汁拌匀，再淋上几滴麻油，清脆爽口；有时候她干脆去摘一把阳台上自己栽种的青葱，切成细细的碎末，然后加点鱼露和干海米，就那么拌一拌，拿去给客人下酒。吃过的人都会说，白小卿的下酒菜总是看着随意，却比某些酒还要深刻，滚过喉咙的时候好像心都被烫得发疼。

白小卿自幼没有父亲，和母亲、姐姐相依为命，姐姐一直在外面到处打工，支撑着白小卿一直到她上大学。为了减轻姐姐的负担，白小卿最后还是选择了去技校学一门技能。其实，现在看来，学厨师到新东方也是一件比较特立独行的事情。只是当时的白小卿作为一个内向且有点自卑的姑娘，腰板挺得还不是那么直。

白小卿手脚利落，身子纤细，手劲儿却十足，一入学就被改刀的大师傅看中，学改刀和雕花专业。白小卿吃得了苦，每天课后都在厨房自己练习切工。有什么困难的她就跑去找师兄给自己做示范，要不就去师傅家帮师娘干活，然后在师傅做饭的时候偷学几手。白小卿大胆心细，进步又快，没多久就得到了外出实习的机会，也是就在这次实习的时候，她遇见了沈云浩。

沈云浩是那家酒店的经理助理，专门负责承接小型商务宴席的业务。因为师傅是酒店的特聘外请厨师，所以白小卿每回都跟着给师傅打下手，一来二去，就和沈云浩熟悉了，每次沈云浩都会和白小卿沟通，把宴席的风格和要求说给她听。

有时候，沈云浩盯着白小卿的眼睛，细细地给她讲那些拼盘的造型时，望着发呆的白小卿咧嘴一笑，白小卿就好像一下子就看到了春天。毕竟十七八岁的年纪正是好时候，白小卿又一直都没有谈过恋爱，所以沈云浩放的电很快就把白小卿一击即中。

那段时间，每次在上班路上，如果能见到沈云浩，白小卿都是很羞涩的。哪怕是正在和师兄说着幽默的笑话，笑到满地打滚肚子痛，也会在沈云浩出现的瞬间立刻恢复成一派淑女的样子。

有一次，白小卿低头走路，突然看到沈云浩迎面走来，她突然感到不知所措，大脑里一片空白。两个人一起进了电梯，白小卿呆呆地站在那里，不知所措，忘记选择电梯按键，还是沈云浩询问她去几楼，才帮她按下的。

10月那个国庆长假，白小卿加了沈云浩的QQ，双方开始有了私下言语的交流，但那时彼此都很陌生，聊天多是漫无边际。但是，白小卿脑海里留下的印象都是美好和纯真，幸福和感动。

QQ聊了一个月，在10月的最后一天，白小卿和沈云浩终于相约在周末爬山，爬完山，回到城里，气氛非常热闹，可是白小卿却觉得沈云浩给自己的感觉是陌生的。也许就像沈云浩说的那样，感情可以慢慢培养，慢慢熟悉就好了，所以，每天下班，白小卿都在门口等沈云浩一起去吃饭，或者看电影，每晚各自回家以后，白小卿都与沈云浩互道晚安，甜甜地睡去。

美好的时光总是过得很快，不知不觉，四个月过去了，沉浸在幸福和愉悦中的白小卿，渐渐感觉自己和沈云浩的感情似乎和四个月前一样，没什么进展。他没拉过她的手，没带她见过朋友，没和她一起参加过公司的活动，也没有提起两个人关系确立的事情。白小卿不敢问，她担心问完之后，可能连继续走下去的机会都没有了。

有一次，双方约定在公交车站见面，白小卿晚去了两分钟，沈云浩就坐车先走了。白小卿心里是委屈的，可是她又不想让沈云浩觉得自己是个多事的女生，所以哭红了眼，也终究没有告诉任何人。

白小卿的师傅和师娘没有孩子，以前都拿白小卿的大师兄当成自己的儿子，这下有了聪明伶俐的白小卿，一儿一女凑成个"好"，自然格外关心白小卿的事情。可是，每次师傅师娘关心起白小卿的感情近况，她都是害羞地笑笑，大家看见了就都盼望着早点和她的神秘白马王子见见面，但白小卿知道，约沈云浩出来见自己的朋友，他肯定会拒绝的。

相处快5个月的时候，白小卿的姐姐也开始在电话里唠叨着让她尽快结婚生子，白小卿只好说自己已经与一个男人相处了，不愿再去相亲。可是，白小卿的家人与沈云浩从未谋面，就觉得她是自己编了个不相亲的借口，所以催着能和沈云浩见一面。白小卿心里清楚，沈云浩连自己的朋友同学都不肯见，又怎么会去见自己的家人呢？

一开始，白小卿觉得自己也许是道家常菜，沈云浩应该很乐意一吃就是一辈子。可后来她发现，自己连个凉拌菜都算不上，因为跟那些进出酒店的妙龄女郎比起来，自己不穿高跟鞋、不化妆，也不会花枝招展地和男人调笑，只能穿着白色的厨师服，大概沈云浩也觉得自己上不得台面吧！

在2月14日这个几乎所有情侣都会过的日子，白小卿鼓起了勇气，想抓住情人节这个机会，让双方的关系更亲密一些。她用心打扮了一番后约沈云浩，希望一起度过这个节日，谁知沈云浩却是各种理由地拒绝。白小卿心中很难过，写了一大堆的话发给沈云浩，然后把他的号码删除了。

第二天，沈云浩感觉很不爽，想到白小卿一个打工小妹也能这么霸道，两个人就开始争执起来。虽然沈云浩也承认自己有不对的地方，但重点是白小卿把他删除了，作为一个有可能成为经理的助理，他很气愤，但事情却因为白小卿的沉默而不了了之。

白小卿沉默，是因为她知道自己现在都不算常备菜了，而是偶尔小酌的下酒菜。可能是干锅烘出来的盐爆花生米，也可能是弃掉绿色外皮的蒜泥瓜条，自己素净的样子没有任何味道，沈云浩不喜欢太主动便也罢了。

恰好这个节骨眼儿，白小卿的姐姐去求签算命，说白小卿必须今年结婚，不然就得拖到38岁。母亲和姐姐一听心急了，催婚的攻势更加猛烈。又是周末回家，久在外地打工的姐姐也回来了，和母亲两个人围住白小卿，问她和沈云浩进展到什么程度，白小卿依旧说和之前一样。

这次，家人再也听不下去，直接对白小卿所描述的沈云浩的真实存在性提出了质疑。白小卿的解释太过无力，只好央求沈云浩来见家人，沈云浩自是推脱。白小卿也一直理解沈云浩，担心他是因为年纪尚轻，房无一间、地无一垄，被长辈问起会有压力。不过，她还是百般央求沈云浩和她一起回家看看。

沈云浩勉强答应。那一天，对白小卿来说意义非凡，她一人早就来到沈云浩门口等候，等他和自己一起回家。

车上，沈云浩一言不发。白小卿也不敢说话，担心哪里一旦不合拍，沈云浩又甩手离去，那家里长辈的等待和期望将成为泡影。

其实，白小卿的家离沈云浩住的地方打个车也超不过100块，可是沈云浩还是坚持坐长途客车回去。白小卿排队买票，让沈云浩在旁边休息。在茫茫的客运站人群里，白小卿扎进长长的队伍中，不知何时能够买到票，焦急之时，又经常回头看看人群外的沈云浩，担心这个骄傲的男人会没有耐心，又赌气离开。

排了将近一个小时的队，沈云浩在一旁玩着手机等候，白小卿很感动。一起坐上回家的客车，在车上，沈云浩依然一句话不说，白小卿觉得很紧张，就像一个沉默的炸弹，不知何时会爆炸。

来到家中，沈云浩吃完饭就要离开，说自己家中有事。之前，沈云浩就和白小卿约定，只在她家里待一个小时，并且路上堵车耽搁了30分钟，也要算在内。加上饭菜准备消耗的20分钟，以及吃饭的10分钟，算算看也是满足一个小时了，所以沈云浩要走。

虽说白小卿也希望沈云浩多留几分钟，可是当着家里人的面，万一闹得不开心，一桩好事，可能会不欢而散。白小卿不得已，也说沈云浩家里确实还有事，就和他一起回去了。

那天之后，白小卿从姐姐的电话里听出了家人的不满，姐姐说，我的这个妹妹如果好好打扮一下，如果能顺利地毕业，也在高级酒店工作，那他沈云浩绝对没有任何攀上她的机会！

白小卿挂了电话，静静地想了很久，很久，其实如果把那些食材用点功夫精雕细琢一番，未必就不能登上台面。可是平日里，下酒菜之所以被人们所喜欢，并非是什么浓烈的口感，而是可以衬托酒香浓厚的回甘，只有懂得的人才有资格品味吧！

回去之后，两个人的关系并没有因为见了家人就有什么改变。沈云浩还和白小卿约定，在单位不要说多余的话，也不想被同事看见他们两个人在一起。白小卿的心开始渐渐冷却。

这么多分分合合的故事里，最让人难过的，并不是失恋之后的撕心裂肺与依依不舍，而是分开之后才发现，自己哭的是那段感情里奋不顾身的自己。

两个人，我未嫁你未娶，为什么就不能让任何人知道？一切，来得了无痕，去似无觅处，若即若离，若有若无，如梦如幻，如痴如醉。白小卿跟师娘哭得稀里哗啦，师傅抽完一根烟，站起来就要拿菜刀去砍了沈云浩那个混蛋，师娘却只是回头白了师傅一眼，师傅就乖乖出去了。

白小卿哭着说，自己想过得最美好，就是工作稳定了，可以和沈云浩有个好的结果，但是现在一无所有。其实，只要像别的女孩子恋爱一样，下班之余，还能一起去吃个饭，周末一起出去玩，至于其他的都是水到渠成的啊！可是自己现在深陷这种感情当中，却不能轻易撤出了。

师娘默默地等着白小卿把所有的委屈说完，然后告诉她，当她品尝过爱情的痛苦，以后可能不再抱有期望了，并且还会心灰意懒。可是，以后总有个人让你重新燃起年少时的热情，为了那感觉疯狂甚至不顾一切。爱一个人，从不因过程长短而有所计较，再浓烈的感情一经结束，终究不过是转瞬即逝的现实，最后留在你身边的那个人，顺其自然也好，趁机介入也罢，才是属于你的命中注定。师娘还说，时间总会冲淡一切的。

白小卿听完师娘的话，似懂非懂地点点头，她从此钻进厨房里，开始一心一意地练习自己的专业。业余时间里，就去给师傅和师兄做各种小菜下酒。日子久了，白小卿的手艺越来越好，到最后，甚至超越了本来的雕花技能。

再后来，就是我认识白小卿的时候了，那时她已经学有所成，在我所负责的公司年会上担任冷盘和造型部分的主厨，而我也是第一次见到这样年轻的女主厨，所以在后来的答谢宴会上同她多喝了几杯，借着酒劲儿相谈甚欢，后来竟然成了挚交好友。

我闲来无事的时候，喜欢提着不同的酒去白小卿家，名为小酌，其实都是为了她的下酒菜去的，而我拿去的那些酒也都进了白小卿先生的肚子。

哦，对了，白小卿的先生就是疼她宠她的大师兄。大师兄会做菜，也会拼酒，酒至微醺的时候，愿意陪着桌上的好友们说上许多关于厨房的话题，而白小卿都是安静地坐在一旁，笑着给大家斟酒布菜，偶尔回头看看大师兄，两人四目短暂的相对，比那下酒菜的回味还要深情款款。

就像师娘对白小卿说过的："如果是真爱，不管你是拿着菜刀站在他身后，还是掂着马勺立在他面前，你的心里永远都是幸福的。时间或许会过去很久，但你并不会累，因为时间会告诉你什么是真爱。"

这么多分分合合的故事里，最让人难过的，并不是失恋之后的撕心裂肺与依依不舍，而是分开之后才发现，自己哭的是那段感情里奋不顾身的自己。

双皮奶

牛奶 细砂糖 鸡蛋

步骤：

1. 牛奶煮开后静置

2. 待表面形成奶皮后轻轻挑起，从挑起的裂口处倒出牛奶

3. 倒出的牛奶与蛋清搅匀，重新倒入有奶皮的碗内

4. 入锅隔水蒸熟即可

双皮奶

七八月份的时候，天总是亮得很早，如果这时强制自己离开被窝，去城市的某个角落走走，总会在人声鼎沸的早市上找到最真实的自己。

在那些来城市里兜售第一手货品的菜农手里接过沾着泥土和露水的青菜，或者在那些渔人的摊贩前选几条活蹦乱跳的鲜鱼，哪怕是鲜艳欲滴的时令水果，都会让人实实在在地看到生命从清晨开始。

我最喜欢的是在奶农那里打上一些新挤出来的牛奶。奶农的车子上只用一米高的铁桶装满牛奶，数量有限，卖完便回家了。所以，那车子前的队伍总是长长的，需要人等好久。我喜欢买这种最新鲜的奶做一种甜品，夏天吃最好不过了。因为新鲜的奶油脂最高，做出来的东西滋味也十足。

回到家里，把这些新鲜的牛奶倒进大碗中，牛奶的表面就会很快凝结成一层褶皱状的奶皮，再配合四溢的奶香，足以让喜欢乳制品的人很期待。在等待牛奶结成奶皮的这段时间里，寻一只空碗，把两只鸡蛋轻轻敲开，两半的蛋壳来回倒几次，里面的蛋清就全部流到碗里来。轻轻撒两勺细砂糖，慢慢地搅在蛋清里，等糖融化了就可以了。

这时候，再用筷子挑破奶皮，慢慢地把它们倒进有蛋清的大碗里，这一步要求做东西的人一定要很小心，让奶皮留在碗里，牛奶却可以倒出来，然后和蛋清一同打散，随后再倒回覆盖着奶皮的空碗里，很快就会看到奶皮自己慢慢地重新浮起在碗的表面。最后，把这碗双皮奶放到锅里隔水蒸上十分钟，等牛奶全部凝固就算成型了。

待它微凉至常温，再放进冰箱里冷藏，吃的时候可以拿出来，根据自己的喜好放上一些煮好的红豆或者绿豆，都是不错的选择。而我要准备的是在上面撒些杏仁、腰果和葡萄干，因为我的发小尹小闹是点了名要吃这一口的。

　　记得小时候，和尹小闹一起舔着冰棍看《还珠格格》，电视里面的男女正在大秀恩爱：

　　女：你无情，你冷酷，你无理取闹！
　　男：你才无情，冷酷，无理取闹！
　　女：我哪里无情，哪里冷酷，哪里无理取闹！
　　男：你哪里不无情，哪里不冷酷，哪里不无理取闹！

　　尹小闹看完，眼睛瞪得滴溜溜圆，然后一脸花痴的表情告诉我说："我以后也要找一个又帅又宠我的男朋友！"

　　当时的我，只知道趁着融化前把这根冰棍儿吃完，可早熟的尹小闹，早就去外面找院子里最帅的小男生玩《还珠格格》的COSPLAY去了。

　　然后，尹小闹和我就这样一起长大，好像一个回神儿的瞬间，我俩上一秒还要搬凳了才能够到门口的牛奶箱，下一秒就已经得弯着腰取牛奶了。的确，我们俩都喜欢那种奶味很足的东西，比如冰激凌、奶酪、双皮奶，所以我俩一起学过好久，只为了能做出一碗心中完美的双皮奶。尹小闹说："我要做给我未来的老公吃！"我翻了个白眼儿，觉得自己还是比她落下不少，因为我是为了给自己吃的。

双皮奶，顾名思义，就是这碗奶制甜品有两层薄薄的皮儿，入口满是牛奶的香甜，随后是那种爽滑而细腻的口感。传说，古时候有个农民的儿子叫十三，这小子早上做饭的时候，不小心把小碟子掉进了装牛奶的大碗里，结果牛奶整出来居然又是两层奶花。就这样产生了最早的双皮奶，后来十三有个老朋友得知这件事，照葫芦画瓢做成了双皮奶这道小吃。慢慢地，各家餐馆食肆都开始流行起这种东西，这顺德双皮奶便吃成了传统，而双皮奶也便由清末流传至今。每次我和尹小闹心情不好的时候，肯定要去吃上一碗的。

大二的时候，尹小闹告诉我她谈恋爱了。我当时内心深处是天雷滚滚的感觉，我非常同情地上了天。比如她爸发了工资，工资卡不在她妈手里，而是在她手里，她拿着爸妈俩人的工资，把那些红票票捋成厚厚的一叠，然后嘴里念叨："你一张，你一张，我一张……"就这么把钱全部分完。都说有钱就会任性，尹小闹从小到大一直不缺零花钱，所以在女生特有的买买买技能上，一直都非常出色。

任性归任性，尹小闹从没做过什么出格的事情，虽然也有过暗恋，虽然也被人暗恋过，可她一直没有正儿八经地谈场恋爱，这回她说谈恋爱了，我嘴上说担心这个准备收押她的男同志，其实心里也很担心尹小闹会受到伤害。

不过在见过树懒先生之后，我知道我想多了。

树懒先生，没错儿，就和《疯狂动物城》里面的树懒一样，他是尹小闹的初中同学。尹小闹说，自己一直都是专一的，所以不管多大岁数，她都只喜欢帅的。而初中的树懒先生却是个体重150kg的小胖子，尹小闹根本都没怎么仔细看过他的长相。

后来上了大学之后，初中同学会，尹小闹看着饭桌上一个略略英气的小鲜肉，问旁边的女同学："那个是谁啊？"

女同学白了尹小闹一眼说："是小胖墩儿啊，是不是野猪大改造了？！"

尹小闹恍然大悟，所以后来对于树懒先生的攻势，没多久就败下阵来。

树懒先生说，其实他初中就喜欢尹小闹了，我问他："那你可知道这丫头喜欢吃什么？最爱的颜色是什么？平时兴趣爱好是什么吗？"

树懒先生老老实实地回答说："我知道，她喜欢喝牛奶，吃乳制品，喜欢粉色，兴趣爱好是逛街。"

我点点头，觉得他算是讨了我这一关了。

自从尹小闹和树懒先生在一起之后，每次去她家找她，我基本上都看不到树懒先生在家，我问尹小闹："我的好妹夫呢？"

尹小闹叼着吸管正欢喜地喝着一瓶酸奶，然后说："出去给我买东西了，总是找不到那家店，可真笨！"

我说："小妹，你有点儿太霸道了啊，你需要的那些东西，都在走街串巷才能找到的小店里，这么艰巨的任务，他怎么可能完成呢？"

尹小闹却一本正经地说："我现在除了逛街，最喜欢的就是指挥他去做事，我也不知道为什么！"她这句话说完，我已经说不出任何话来，特别是看见满头大汗气喘吁吁地买回东西，面对尹小闹以动作慢为由的责备时，还一脸幸福笑容的树懒先生，我强忍着撞墙的冲动，嘴里咬牙切齿地蹦出一个字儿，"该！"

两个相爱的人在相处的时候，旁观的人总能看见他们最真实也最傻气的一面，可是换作他们彼此眼里，这些不堪和丑陋都是不完美的现象之一。纵使不完美，也都是自己的选择，两个人都想保护好对方那颗脆弱而敏感的心，想躲在二人世界的秘密花园里说尽那些平时说不出口的情话，或者一同做着那些平时根本不敢尝试去做的傻事。

对于树懒先生来说，尹小闹的撒娇就是这种颐指气使的方式，而对尹小闹来说，可能给树懒先生编排一点儿事情去做，总好过他局促不安地待在自己身边，又无事可做。两个人在这种一个愿打，一个愿挨的幸福里，紧紧依偎。就像情话小王子朱生豪对宋清如所说的："要是世上只有我们两个人多么好，我一定要把你欺负得哭不出来。"对呀，我就是仗着你喜欢我才欺负你呀。

尹小闹和树懒先生在一起没几天，她就和我抱怨起树懒先生。

尹小闹说："这个树懒有个致命的缺点！"

我不太信尹小闹的小题大做："别夸张了，什么致命缺点，我看他挺好！"

"他有乳糖不耐症！"

我一愣："就是big bang theory里面Howard有的那个，一吃乳制品就不停打嗝儿加放屁的病吗？"

尹小闹点点头："就是，就是那个病！"

我知道这件事若是放在别人身上，兴许没什么，好多人都觉得乳制品有奇怪的味道，所以不喜欢吃。可问题是，树懒先生的王牌女友可是乳品小公主尹小闹，她不仅自己吃，肯定还得让树懒先生吃！

我问尹小闹："那怎么办？"

尹小闹反问我："什么怎么办，能怎么办？"

尹小闹眼睛里都开始冒小星星了："大不了他不吃那些东西啊，这样更好，全都是我一个人的了！"

我提醒她："那你可别抽风，到时候非得让人家吃！"

"哎呀哎呀，知道啦！就算真的吃完打嗝儿加放屁，我也能忍受。贝克汉姆和维多利亚难道就不放屁的吗？"尹小闹大义凛然地质疑了我，"而且，就算是我家以后不出现奶制品了，我还可以去你家大吃特吃！"她早就把后路都安排好了。

看到尹小闹和树懒先生为彼此做着自己并不擅长的事

情，我想起另一个朋友，胖熊。

胖熊是我以前的一位同事。原来在单位的时候，胖熊一副坦诚实在的样子，每天几乎都不怎么会说话，但是说到他和他媳妇儿小爱的故事，他总是侃侃而谈。

一个炎热的下午，胖熊约他在公务员培训班认识的小爱去茶餐厅吃东西。

胖熊问小爱："我给你说件事情啊？"

小爱喝着一杯冻鸳鸯，点点头。

胖熊深吸一口，盯着小爱，好像要把她吃掉似的。

"我准备辞职了。"胖熊笑着跟小爱宣布，"我要开一家餐馆。"

"为什么？"小爱惊奇地问道。

"不为什么啊，因为你说我煮饭好吃呀，你喜欢吃东西，我开了餐馆就能天天喂你吃东西了！"胖熊其实不胖，可是憨憨的样子就会让小爱觉得好像是那只床边守护自己进入梦乡的泰迪熊。两个人是考公务员前在培训班认识的，能考上公务员，不比高考那百万雄师过大江简单多少，怎么说辞职就辞职了？

"傻丫头，我开玩笑的，我就算开餐馆了，也不会不要工作的。"胖熊看着小爱的筷子不停地伸向盘子里的烧鹅，安慰她说。

其实从在培训班开始，每天中午看见小爱拿着盒饭也吃得那么开心，胖熊就很想每天都和小爱一起吃饭，他要给小爱煮好多好吃的东西。胖熊以前也会煮饭给朋友吃，但是从来没有觉得自己在这方面有什么造诣。当遇到小爱后，他想让自己的烹饪技术提升的感觉才强烈起来。

　　胖熊总是这样问小爱："今晚想吃什么？"

　　小爱盯着胖熊说道："你煮的饭。"虽然嘴里还塞着半只鹅腿，胖熊还是可以听清小爱的话。

　　胖熊是在不知不觉喜欢上小爱的同时，又不知不觉地喜欢上了煮东西，他会在下班之后，耐心地拿着菜谱研究怎样将一份菜煮得更好吃。知道小爱喜欢吃栗子，胖熊会买栗子焖鸡；知道小爱姨妈痛严重，胖熊就会煲上黄芪红枣汤；知道小爱不喜欢吃青菜，就把青菜榨成汁然后兑到肉馅里，炸成美味的肉丸子……

　　一开始，胖熊也不会煮小爱喜欢的饭菜，只会网上百度一下栗子皮怎样好剥；会因为煲汤而被砂锅烫到手臂；会被炸丸子的油溅到脸上……可不管是一开始那药味大到发苦的红枣汤，还是后来那些碎成肉末的炸丸子，小爱都吃得很开心，塞满嘴巴之后就把它们全部扫光。

　　某一天，小爱在车上忽然发微信给胖熊："我想吃你煮的饭菜。"

　　胖熊说："我要每天都给你煮饭吃。"胖熊很爱用心去为小爱做每一件事，特别是煮饭。哪怕自己一开始在这方面并不精通，但是这样的学习过程也是爱的过程。

尹小闹和树懒先生也一样，一个在努力克服，一个在极力忍受。

小爱一口一口吃掉胖熊对自己的绵绵爱意，而胖熊真的为小爱开了一家餐馆。

其实有时候，心甘情愿地去付出，才是爱的另一种模样。

其实有时候，心甘情愿地去付出，才是爱的另一种模样。

海胆两吃

食材:

海胆 鸡蛋 白酒 海鲜酱油 葱花

步骤:

1. 海胆破壳取肉
2. 海胆肉与鸡蛋加温水搅拌均匀
3. 重新倒回海胆壳中大火蒸熟
4. 撒上葱花和酱油即可

海胆两吃

烈日炎炎的八月份，空气是无精打采的，树木是无精打采的，偶尔吹过来的一阵风都是无精打采的。闺密团的小聚也从外面转移到了空调和靠垫都备齐了的室内，说好了的周末一起打打牙祭，"趴"一"趴"。

李小白带来的是一盒made in

HongKong的点心什锦盒，老牌的饼家铺子做出来的手工点心让人一吃就停不下来，特别是里面的牛油鸡蛋卷，还不等咬开，就散发浓厚的奶香，入口后唇齿毫不费力，就能在松脆间感受到鸡蛋的酥软。

趁着最后一个人还没来，点心盒"启动仪式"尚未开始，我立即跑到厨房，从冰箱里拿出冰盒，晶莹透亮的冰块里，每一个都冻进一片小小的薄荷叶，把它们悉数放进凉壶，再把事先煮好的菊花茶倒入其中。

随着冰块和菊花茶的碰撞产生清脆的炸裂声响，宋无忧的敲门声也一同传来。

"嗨，快点接着，刚在海鲜市场买回来的，活的呢！"宋无忧一边说一边递过来手里的塑料口袋。

我看着还滴答水的塑料袋和那刺破了袋子的硬壳儿，笑了一下，对她说："李小白女王大人可在这儿呢，她不吃海胆，你是知道的。"

宋无忧朝着屋里大大咧咧地边走边说，"我知道啊，老李，你知道我买海胆的时候遇见谁了吗？"

"遇见谁啊？哪个杀千刀的，耽误了你这么长时间才到这儿！"李小白头都没抬，继续盯着手里的屏幕，斗她的地主。

"我刚接过海胆，正要掏钱呢！城管儿来了。我心里想，嘿，这不错哎，赶紧来冲一把，我也省得给钱了。然后那帮城管儿一下车，我就愣了，你猜下来的是谁？"宋无忧点了点李小白的脑袋。

看着李小白依旧没有反应，宋无忧趴在李小白耳边大喊了一生："那个城管儿，就是，渣！男！赵！乘！风！"

我端着菊花茶进来的时候，听见宋无忧的大喊，一下子也怔住了，好像空调的冷风都变成水蒸气，凝固在了冰点。一瞬间，谁也没有说话，倒是李小白手机里的斗地主说了句，快点吧，我等得花儿都谢了！

赵乘风，是李小白19岁那年的男朋友，是她的第一个男人。

那时候，还是打着火星文的非主流网络时代，我们一帮人和每个年月的学生一样，逃课，去网吧，把"夜不归宿"当成人生中最刺激的事儿。李小白比我们要前卫不少，她不烫直而细碎的离子烫，脑袋也不弄成炸了毛的"鸟巢"，不把自己化得乌眼儿青，也不穿短过大腿的裙子。那时候的李小白，白衬衫加校服裤子，头发短而干净，手指细长，写一手好字，学着玩儿单反，搁到现在，不知能掰弯多少萌妹子。

但是我们谁也没想到，一直酷酷的小白妞儿，居然玩起了恶俗到家的那款网游——劲舞团。平时夹着烟的修长的手，敲起键盘来噼里啪啦响个不停。也是在那款游戏里，李小白认识了赵乘风。

　　赵乘风不是李小白那个"家族"的人，李小白也只是和那个游戏联盟的一个"族长"级姐姐走得比较近，而赵乘风是那个姐姐当时男朋友的弟弟。李小白就记得，那天游戏的虚拟房间里，姐姐拉进来个一看就是免费用户的愣头青，玩儿得也是烂到家了，但是语音那边赵乘风的声音，却很好听。

　　"那个……你好啊！哈哈……啊……哈，我是赵乘风。"

　　李小白有一搭没一搭地问道："哪两个字儿？"

　　"我欲乘风归去，又恐琼楼玉宇的乘风。"赵乘风回答得还挺酷。

　　"你叫什么啊？"赵乘风一副好奇宝宝的样子问。

　　"李小白。"

　　"啊？李白中间加个小吗？那咱俩挺有缘啊！"

　　"有什么缘？"

　　"高处不胜寒，起舞弄清影，我名字这诗不就是李白写的吗？"

　　"……你念过书吗？"李小白满头黑线。

　　不过她问对了，因为赵乘风的确是高中没毕业就因为打架不念了，他被家人送去职业技术学校，学了厨师专业，可是毕业证没拿到，就又回了家，现在和亲戚一起倒腾海鲜。

　　故事很俗套，日久生情是避免不了的。李小白那时候已经决定了要考美术专业，所以天天也不去好好学文化课，没事儿的时候就去网吧玩游戏，其实更多的时候是和赵乘风视频。赵乘风长了一双丹凤眼，脸部轮廓棱角分明，嘴唇略薄，这种面部特征是李小白平时最喜欢画的，几笔就勾勒好的线条，画起来和赵乘风这个人一样简单。

"咱们见面吧，来海鲜市场，我给你做海鲜吃。"赵乘风在几个月之后终于提出了这个要求。

如果当时的李小白没有酷酷地对我们也保密，如果当时的赵乘风没有想得那么简单，如果……可惜没有"如果"。李小白当时就点头答应，去赴了约，一个人坐车到达了赵乘风所在的海鲜市场。

李小白有时很后悔，后悔第一次见到赵乘风就嘴馋地跟他去吃海鲜。毕竟第一次跟网友见面，一贯酷酷的李小白也有点少女怀春的柔情，她换了件白色连衣裙，去理发店把短到还扎不起来的头发电了一下，临下车前还涂了曼秀雷敦的唇彩，后来她依旧记得，那时候涂的是二号色。

往海鲜摊子走的时候，李小白知道今天自己肯定要把人交代在这儿了，她也心知肚明，自己在20岁以前要疯狂一把，轰轰烈烈爱一回。李小白跟我们说这些的时候，其实大家都有点动容，因为那个时候，我们这群马上"脱笼"的高三少女，刚刚接触到虚拟世界，刚刚体会到网络世界那种不用对他人负责的奇妙感情，但我们却并不知道，在不用对他人负责的同时，我们也丢掉了对自己负责的权利。

见到身高185cm的赵乘风，李小白再也不敢嘴硬说自己165cm了，只是反复解释说自己是接近165cm，但是对于这个青涩的小少女，她不管说什么，赵乘风都是喜欢的。两个人手拉着手，去了赵乘风的出租屋。

赵乘风给李小白带回了活蹦乱跳的海鲜，然后就在灶台前忙活起来。热油烧开下锅，李小白把切好的鳝鱼丝递给赵乘风，看红辣椒和白葱丝慢慢散发出浓烈的香味儿，然后再倒进鳝丝，挥着锅铲大力翻炒着，那一颠勺，火焰蹿起之间，是赵乘风迷人的身影；另一边的灶台上，砂锅咕嘟咕嘟地冒着热气，乳白色的鱼骨汤早就烧开了，只待一把"九层塔"的叶子提一提鲜。

最后登场的是新鲜的海胆，还活着的海胆从水槽边的袋子里骨碌骨碌地滚出来，被赵乘风修长的手指捡起来，他拿着牙刷把它们细细地刷干净，再熟练地用剪刀沿着海胆的三分之一处剪开长满的硬壳儿，里面是饱满金黄的肉。

李小白觉得，这样吃海胆有点儿生猛，一时间有点愣了神儿。

"李小白，怎么着，看这样有点残忍吧？"赵乘风一边继续手里的活儿，一边问。

"嗯，有点儿。"李小白的话远远没有在视频那边多。

"你看，这海胆像不像你，满身是刺儿，里面却是柔软鲜甜。"赵乘风一边说一边笑得邪恶。

"滚，赶紧做饭，老娘饿了！"李小白脸一红，凶神恶煞的样子在赵乘风眼里却是可爱的。

赵乘风把开好的海胆递给李小白，看李小白有点下不去嘴的样子，就拿着冰激凌羹匙淋了一点点海鲜酱油，然后挖了一小勺塞进李小白的嘴里。一瞬间，李小白感觉全世界都静止了，耳边是砂锅里汤水烧开的冒泡声儿，嘴里是海胆入口的浓烈腥气。随后抿一口，是海鲜酱油的咸涩和海胆的绵软，最后是长长的甜糯，无限回甘。

那天晚上，李小白吃了很多海鲜，按照吃海鲜必须喝点儿酒的习惯，她还喝了很多酒。她的酒量其实比赵乘风好很多，可还是醉了。醉在了赵乘风亲手喂给自己的海胆里，醉在了19岁那一年的虚拟世界里……

"还行，没让你碰见他砸大爷大娘的摊子。"李小白终于放下了手机，抬眼看了看陷入回忆的我们，然后自顾自地倒了一杯菊花茶喝起来。

我们认识赵乘风的时候，是在刚上大学的时候。彼时，李小白还是个热衷于海胆的好少年，而赵乘风则依旧在这个小城市帮亲戚卖着海鲜。那个时候说起未来，我们都是充满希望又略有迷茫的，李小白却从没有任何关于未来的一句话。我们知道，她很发愁，不知道她和赵乘风是不是有所谓的"以后"，毕竟没有人赞成她和这样一个无所事事的游民在一起，而赵乘风显然对于当时的情况也手足无措。

　　大二快结束那年，李小白的GPA成绩很高，理所当然地接到了学校美国合作方发来的Offer，邀请李小白到美国去继续念完大学，同时还有全额奖学金的奖励。赵乘风知道这个消息的时候，正忙活着看看拜托家里的亲戚帮忙找份正经的工作。那一阵子，他都没有太多时间陪着李小白，沉寂了几天，李小白接到了赵乘风的电话，叫她去出租屋吃海鲜。

　　李小白到达的时候，看见赵乘风端上来的菜和第一次见面时是一样的，响油鳝丝，石斑鱼汤，虾仁炒蛋，只是没有海胆。赵乘风用矮脚酒盅倒了一点白酒，坐在李小白的对面。

　　"忙得怎么样了？"李小白有点开心，因为她正准备告诉赵乘风自己的决定。

　　"咱们分手吧。"赵乘风说完，拿起酒杯，仰头喝尽。

　　"你说什么？我不去美国了，分什么手啊？"其实李小白早就有这样的预感了。

　　"不管你去不去美国，咱们都不能在一起，咱们不是一路人。"赵乘风转身去了厨房，从锅里端出一盘海胆。

　　"这是海胆蒸蛋。"赵乘风说完，把海胆放在李小白面前，"做这道菜，其实不比直接吃方便，但是也因为这些步骤多，这道菜往往是更能上酒店饭桌的。要把新鲜的海胆撬开，小心翼翼地取出里面的海胆黄。我每次都会被海胆扎到，练了好久，当时就想和你见面的时候开给你吃，让你被我的样子帅到。"赵乘风喝了一口酒,苦笑道。

"然后,要把鸡蛋打散之后重新装回海胆壳儿里,上锅蒸到六成熟,表面凝固的时候铺上之前取出的海胆黄。都不用加什么料的,因为海胆本身的味道就够醇了。"李小白听着赵乘风的话,一言不发,其实这种局面,她好像第一次去见赵乘风的时候,就预料到了。

"李小白,你知道吗?我第一次见你的时候就说,你和这海胆一样,厚厚的壳儿上全是刺儿,内里却是让人惊艳的。我总觉得,我和你是一种人,可是我们走的却是不一样的人生。"赵乘风的酒一杯接一杯地喝着,李小白依旧沉默。

"李小白,你就是海胆蒸蛋,我就是那种活生生在水里挣扎等着被撬开的鲜海胆。你会上高级酒店的餐桌,我却永远登不上大雅之堂。"

"那就分手吧。"李小白把自己面前的酒喝干,没有动一下那道海胆蒸蛋,转身推开了出租屋的门。

赵乘风没有追,李小白一路流着泪,最后回到我们面前,从此以后,就再也不吃海胆了。

"这货怎么混到城管队伍里去了?"宋无忧打破了大家的集体沉默。

"谁知道啊!毕竟这么多年了,也不能一直混下去吧!现在这样也挺好的,小白女王,我去做海胆蒸蛋了,毕竟你从没吃过那玩意儿。"我看看李小白平静的脸,结束了这个话题的讨论。

李小白的确不知道赵乘风后来的事情了，两个人从那以后再也没有过任何联系。当时李小白去了美国念完大学，念完研究生，等回到了这座城市，已经过了7年。

有人说，7年，我们的身体细胞会经历衰败和重生，所以我们每7年就是另外一个人。年少时经历的青春与疼痛，更多时候能换来之后的释然与成长。毕竟，我们未必都会轰轰烈烈地走过每一个7年。

想起那年一起哭过笑过，我总是很庆幸，我们这一小帮人，还好都有惊无险地长大了。这样想想，其实也挺不错的。我哼着歌儿，料理起了这道海胆蒸蛋。

　　　　年少时经历的青春与疼痛，更多时候能
　　换来之后的释然与成长。

焖鲜虾春笋

食材：

基围虾、春笋、黄酒、色拉油、碘盐、酱油、葱花

步骤：

1.把竹笋剥壳洗净切成五厘米左右的细条。

2.烧水、水烧开后放入适量碘盐，将切好的竹笋倒入水中，根据竹笋的量，煮2分钟到5分钟，捞出来放入冷水中备用。

3.把基围虾的须脚剪掉，之后还要把虾的肚子剪开，好入味。

4.起油锅！色拉油要多放一点，等到油八分热的时候，下基围虾，煸炒。

5.加黄酒，将基围虾炒黄，放入冷却好的春笋，等到春笋半熟的时候，加入酱油。

6.盖好锅盖，焖烧5分钟，开锅加入一把小葱花，搅拌均匀，再焖两分钟，装碗即可。

鲜虾
焖春笋

　　在外的人总会想家，是因为家总有人日复一日用心操劳着这个家。我们在人生苍茫的大海上行走，心中念念不忘万家灯火中属于我们自己的一盏。在每个可以回家的日子，由衷地祝福这个世界的所有人都有家可回。那个家，将会是我们永远眷恋的港湾。

每次去楚阔、灵静家，我都渴望自己未来的家也是这副模样！

楚阔对灵静的爱，像风，看不到却摸得着。

我不知道该如何形容灵静和楚阔的爱情，倘若我此生能遇到这样的爱情，也没白来世上走一遭。

灵静，人名严重不符！如果按大众对吃货的标准来看，她绝对是吃货中的"战斗机"！

灵静最开心的时候，要吃一盘鲜虾焖春笋，好好庆祝一下；难过的时候，吃两盘鲜虾焖春笋，一盘压下悲伤，一盘安慰自己；无聊的时候，吃几盘鲜虾焖春笋就要看心情了，反正无聊时，吃是她唯一消遣的方式。

在一次爱心聚会上，楚阔第一次注意到灵静，因为她是在场唯一吃荤的人，还把桌上唯一一盘荤菜全吃了。

第二次，因为业务来往，楚阔单独请灵静吃饭。在每天都翻天覆地的商场中，他早就练成了超强的记忆力。那天，楚阔点了一桌荤菜，家常红烧肉、番茄炖牛腩、酱香蒸鸡腿……

很不幸，没有鲜虾焖春笋。

作为一名高逼格的吃货，灵静只对两样东西情有独钟，一个是鲜虾焖春笋，另一个是大米饭。所以，那天灵静一口荤菜都没吃，倒是吃了三碗米饭。

楚阔以为这笔业务肯定黄了，没想到不但成功了，两家公司还定下了长期合作关系。而作为两家的"代言人"，楚阔和灵静你来我往，自然就"勾搭"在了一起。

渐渐地，楚阔发现，灵静简直是以吃为人生的最高境界，拼命工作，为了吃；不穿名牌，为了吃。只要是她想吃的东西，一定会想方设法吃到。

年末小聚的时候，要求每个人说别人最让自己感动的三句话，灵静的是：第一，我给你带好吃的了；第二，请你去吃好吃的；第三，我给你做好吃的。

能好吃到这种地步，也是吃货界的一股清流！

其实，灵静原本不是一个小吃货，而是典型的工作狂魔。

灵静是家里的独生女，小时候物质条件不允许，所以只能生她一个。那个时候，很多人家都是两个小孩，灵静一直希望爸爸妈妈能给她也生个弟弟或妹妹，"穷"这个概念，她小时候是不懂的，长大以后才知道，"一分钱难倒英雄汉"。从此，她便发誓，一定要努力工作，给爸爸妈妈创造高水平的生活条件。

不过因为工作强度太大，灵静身体隔三岔五地出毛病。灵静的妈妈为了给她补身体，做了鲜虾焖春笋。从此，她对这道菜爱不释口。为了让妈妈高兴，她开始四处"搜刮"私房菜，这些事儿楚阔都不知道，难怪他把她只当成吃货。

楚阔为了让灵静吃到健康的基围虾，特意去山脚下租了一块地方，为她建了一个养基围虾的池塘。

每到周末，两人开车带着从超市买的新鲜竹笋，直奔山脚，开始神仙般的"两人时光"。

除了去山上采景、摘花，他们必不可少的项目就是——捞虾，做鲜虾焖春笋。两个人分工明确，灵静的工作比较文明，把竹笋剥壳洗净切成五厘米左右的细条。水烧开后放入适量碘盐，将切好的竹笋倒入水中，根据竹笋的量，煮2分钟到5分钟，捞出来放入冷水中备用。

楚阔的工作就比较"血腥"了，他首先要把基围虾的须脚剪掉，之后还要把虾的肚子剪开，好入味。

春笋和基围虾都处理完毕，灵静就开始上阵了。

起油锅！

色拉油要多放一点，等到油八分热的时候，下基围虾，煸炒；之后一定要加入黄酒炒。黄酒能够去腥解腻，我们经常吃的鱼虾之类的海鲜都有腥膻味，造成腥膻味的是一种胺类物质，学过化学的都知道，胺类物质能溶解于酒精。做菜时，一经加热，胺类物质会很快融入酒精中，腥味就会被去除了。

黄酒加入后，将基围虾炒黄，放入冷却好的春笋，等到春笋半熟的时候，加入酱油、白糖，灵静的丰富经验是：这时候最好再加入一点点白开水，之后再焖烧。

盖好锅盖，焖烧5分钟，开锅加入一把小葱花，搅拌均匀，再焖两分钟，装碗，就可以大快朵颐，开吃啦！

灵静也只有每个周末才能这么开心，平时在公司，跟圣斗士一样奋斗！她一到工作日就烦得要死，别人只看她成功的时刻，一天天地加晚班，没人管。

这让她又想起自己悲催且励志的大学生活。孤独感最强烈的肯定是大学开学，第一周的周末，大家最差的也会在宿舍看个剧，再不济也会去操场转两圈，可灵静呢？吃完早饭，图书馆；吃完午饭，图书馆；吃完晚饭，还图书馆。

灵静时常在想，自己会不会突然猝死在图书馆？可是，做这一切又是她自己心甘情愿的。对于一个人来说，工作最大的动力就是可以吃饱饭，毕竟身上没钱，连学校门口的小吃街都吃不转，更别说吃出高水平了！

人以类聚，楚阔的工作不比灵静好到哪儿去，天天被上司骂，心情不好，也不能发泄给别人，他就跑到山脚，看看这些基围虾。

无心栽柳柳成荫，楚阔虽然是业余养虾，但他养出的基围虾简直是上上品，壳薄、体肥、肉嫩、味美！

后来两个人干脆辞职，跑到山上养基围虾了。两个人都觉得这是顺其自然的选择，但他们的父母却"疯了"。孩子都快30岁了，怎么还没有一点大人的样子？这些年，说走就走的旅行害苦了多少人！

积累四五年的人脉就这样放弃了，楚阔和灵静潇洒转身，不带走一点职场留恋。

为了吃一盘鲜虾焖春笋，他们开辟了养虾事业！这也有力地证明了一个事实——这个世界终究是属于吃货的!

说干就干!

楚阔挖的池塘面积从0.13公顷到0.2公顷不等,他事先专门到养虾场偷偷考察过,池塘底部要保留一定厚度的淤泥,要有独立的进排水系统。

灵静本身就是学生物的,知道基围虾原本生活在海水中,因此人工饲养也一定要让它们生活在高盐水的环境中。

两人互帮互助,终于完成养虾大计!

从放苗投饵、水位控制到水质管理、病害防治,两个人忙得晕头转向,却没有丝毫苦痛之言。从两人一起辞职到山脚来养虾,他们就知道,彼此就是这辈子最幸福的人了。

这个世界最幸福的事,是有人愿意和你一起对抗世界,陪你疯、陪你闹,倚剑走天涯。

两人经过小半年的忙活,终于可以收捕了。

每到傍晚,灵静地笼收虾,楚阔拉网捕虾,最后干田放水收虾,忙得不亦乐乎,更是赚得钵体满盆!

以为一切都会顺顺利利地进行,两人的感情却出现了有史以来的第一次裂缝。

楚阔的前女友从国外回来了,当时是前女友提出的分手,她和楚阔是大学快毕业才认识的。他们虽然只在一起半年,但是爱不长,情却深。如果不是女生的爸爸一定要让女儿出国锻炼几年,他们现在一定还在一起。

　　楚阔从开始一天的夜不归宿到后来的一星期夜不归宿，灵静却什么都没说，把养虾场的一切事务都打理得井井有条。

　　出乎灵静的预料，楚阔带着他的前女友来见她了。灵静第一次见那女生，大大方方地介绍了自己——楚阔的在职老婆，女生也把自己在外面的工作以及目前在哪里居住都告诉了灵静。

　　两个人表面上都是波澜不惊，实际上内心早就炸开了锅。灵静想马上把楚阔扔出去，在外面见前女友还不够吗，竟然还敢带回家！那女生也挺郁闷的，自己这次回来找楚阔，明显是想复合啊，现在却多了个灵静。

　　楚阔和灵静各自分工，合作进行，做了三大碗鲜虾焖春笋。从他们两个无声的默契中，前女友觉得自己没有太大希望，楚阔刚把鲜虾焖春笋做好端上桌，前女友就狠狠地瞪了他一眼就走了。

　　灵静调侃道："你的前女友还挺有脾气啊！"楚阔没有接话，他知道当时前女友放手叫一定很难过，半年的电话交流，听到的还是她嘶哑的声音，楚阔永远不知道前女友为自己哭了多少个夜晚。

　　缘分就是这么奇怪，我们分开，并不是我们不爱。我们重聚，也不是因为我们还相爱，楚阔很清楚自己现在是不喜欢前女友的。

　　楚阔确定自己无法回头，前女友提分手的时候，他就决定将她脱离自己的生活，五年的等待，楚阔觉得自己的热情已经被消耗殆尽。是灵静让他重燃希望，是灵静让他勇敢放弃毫无希望的职场，如今"名利"两收。

　　他现在过得特别幸福，一小半是他努力的结果，一大半是灵静全心全意的照顾。

　　前女友告诉楚阔："这个世界上，任何事情都是有博弈的！开始的时候，最后放弃的时候，都要用心去想清楚。"这句话倒是提醒了他，他原以为自己以老朋友的身份安慰前女友，灵静是会理解的。今日回去看到面容憔悴的灵静，依然笑着招待她并不欢迎的客人，只因那个客人是自己带过来的，他才终于明白，前女友的感情生活过得再不好，自己也没有身份去安慰她。

　　于楚阔而言，前女友是怎样的记忆？他不知道，那是他第一次刻骨铭心爱过的人，要忘得一干二净也是不可能的事情。而前女友怎么回忆他？高兴也好，沉默也罢，都是她自己的选择，楚阔连自己的想法都控制不了，更何况是别人的。

　　让过去回去，让未来回来，千里我独行，紧握眼前爱。

　　错过的终究是错过，还是眼前的鲜虾焖春笋实在！

　　每次傍晚捕捞完基围虾，看着躺在自己怀里看书的灵静，楚阔都会想起几句诗："宿昔不梳头，丝发披两肩。腕伸郎膝上，何处不可怜。"如果回到过去了，拼死他也会给灵静这样安逸的生活。

　　有人说，有两样东西别人抢不走，一是你吃进肚子里的食物，另一个是你藏在心里的梦想。所以，要做个有梦想的吃货!

　　灵静和楚阔卧室的床头高高挂着一句话："两个有梦想的吃货。"

　　我觉得，他们可以写一本《吃货的自我修养》，绝对大卖!

　　　　　这个世界上，任何事情都是有博弈的!
　　　　开始的时候，最后放弃的时候，都要用心去
　　　　想清楚。

赏味期限

食材：

牛肉 郫县豆瓣 麻辣锅料 青菜 豆皮 鱼丸 香菜 芝麻

步骤：

1. 油锅烧热加入郫县豆瓣和麻辣香锅料煸香

2. 放入牛肉等食材大火炒熟即可

3. 出锅前加入香菜和芝麻即可

赏味期限

　　"昨天晚上又梦见他了，我要去找你。"接到蛋卷小姐电话的时候，我正在厨房煮一壶酸梅汤。夏天总是热得让人连口腹之欲都瞬间全无，看着窗户外面垂着头无精打采的柳树，我叹了一口气，燃气炉上的壶里，水咕嘟咕嘟地正开，我想这酸梅汤配上蛋卷小姐等一会儿带来的点心，比起红的黄的白的各种酒，自然也是聊胜于无的谈话佐料吧！

蛋卷小姐和icecoke先生分手许多天了，具体多少天，她并没有那个心情仔细计算，而我也只是一直在默默陪伴着她的这段时间里隐约知道，这场恋爱的时间从18岁的烟花三月开始，到24岁的数九寒冬结束。

蛋卷小姐是我的大学同学，本来不是一个寝室的我们，并不熟识，却因为共同的好友才在毕业后慢慢走到一起。偶然的一次邀约小酌，竟然发觉两个人的契合度极高，后来就这样厮混在一起，成了世人口中的好闺密。

蛋卷小姐是icecoke先生的初恋。icecoke先生呢，是蛋卷小姐遇见的第一个自己非常喜欢而对方也喜欢她的人。用她的话说，第一次见到icecoke先生从门外走进来，好像太阳都偏爱他不少，而让阳光多一些洒在他身上，熠熠生辉。

"好像……我还记得……第一眼见他是在刚分好的文科班里，周围都是熟悉的人在说话，吵吵闹闹的。我不敢抬头，可当我只是朝门外瞥了一眼，就看到了他。当时没有看清这个男生的面貌长相。只记得，他笑得好灿烂，后来他就坐在我的背后。我还是低着头，假装看书，心已经不知道飞去了哪里。"

蛋卷小姐后来说这些话的时候，表情很迷茫，不知道自己是不是爱上了幻想里的那个男孩子。不过，无论如何，

这个自带光环的男生与傻乎乎的蛋卷小姐，他们都是彼此的
first lover。

这是我在与蛋卷小姐的诉说中听到的过往，这个故事从
她讲给我的时候，我就已经知道了结局。与icecoke先生仅
有的两次见面，我就为蛋卷小姐感到了深深的不安。纵然
金风玉露一相逢，便胜却人间无数，可一见钟情的故事原
本就披着一件看似罗曼蒂克的外衣，却实则有着动机并不
纯正的内里。

蛋卷小姐刚上大学时真是个傻姑娘，喜欢吃点心，不喜
欢数学课，与远在南方的icecoke先生是高中最后冲刺班的同
学，毕业之后再未联络过彼此。当时的蛋卷小姐以一个不错
的成绩来到自己的大学，所以从一开始，就一门心思地要做
个生活简单的学霸。

而icecoke先生，拿着以进大学必备神器登场的笔记本电
脑，成了一个不折不扣的网瘾少年。偶尔看见蛋卷小姐的头
像亮起，想着高中时大家对这个傻妞认真而温暖的描述，不
由得有点动了心。当时周围的人都开始谈起恋爱，icecoke先
生作为一个只喜欢喝冰可乐的网瘾少年，接触姑娘的机会是
极少的。

在网上，人的感觉都是极其不真实的，可是蛋卷小姐
却很执着地认为，icecoke先生是个如太阳一般可以带着自己
温暖一生的暖男。加上从前的同学偶尔一通电话游说，不久

蛋卷小姐就沦陷在了icecoke先生远在天边传来的"情意绵绵刀"里。

那个寒假，icecoke先生从大学放寒假回来，和蛋卷小姐略带暧昧又十分羞涩地不敢单独见面，就总是拉着当时正失恋的高中死党好好先生一起出现。三个人在好好先生与前女友合租但尚未到期的"爱巢"里喝酒玩笑、插科打诨，当时的蛋卷小姐只是想起一句话，乐莫乐兮新相知。

许多年过去后，蛋卷小姐在喝袋装牛奶的时候，还是会有些感叹人间的种种无常。

那个数九寒天的日子，蛋卷小姐带着笔记本电脑与icecoke先生找好好先生联机打游戏。当时好好先生拿出在阳台冻得透心凉的牛奶时，蛋卷小姐是本能拒绝的。icecoke先生正在专心致志地打游戏，无奈笔记本电脑的配置实在有点渣渣，就调侃地说："拿过来，我的本子可以帮你热牛奶。"

好好先生顺势递过去硬邦邦的牛奶，等一局游戏结束时，电脑主板位置的牛奶已经变得温吞吞了，浸湿了外面包裹着的那层纸巾。蛋卷小姐后来对我说，她和icecoke先生的爱情，本以为会是一袋牛奶，可实际上只是外面那层湿透了的烂乎乎的纸巾。

当时面对icecoke先生递过来的袋装牛奶，好好先生自然承担起了红娘的角色，开始大力宣扬icecoke先生空白的感情过往以及天生的体贴与温柔。那晚回到家后，蛋卷小姐开始辗转反侧，她隐隐约约地感觉到，自己这次恐怕在劫难逃。

　　我回过神儿来，看着炉子上烧开的水，依次丢进了乌梅、山楂、桂花、甘草和冰糖。看着水的颜色渐渐被染成醉人的红，不禁想起年少时，女孩子渐渐被软语呢喃的情话慢慢俘获的心。何人不曾是这样过来的呢？听了那么多的道理，却依旧无法过好一生，记得那么多的告诫，却依然要经历遇人不淑的遭遇。然后，再如同这酸梅汤一般，在几开几落的水深火热中翻腾着，受尽了痛苦的洗涤，最后慢慢沉淀。等熄灭了烈火，材料一一落在容器底部，而一壶香气袭人的酸梅汤才更加显得耐人寻味。如此的过程，便是万千少女经历的一生吧！

　　后来，那一晚，没经得住诱惑的蛋卷小姐做了决定，如果icecoke先生哪天对自己告白，那么自己一定不摆架子，不出幺蛾子，一万个"我愿意"回答人家。

　　没过几天，尽管外面飘着雪，icecoke先生还是和蛋卷小姐去约会了。两个人在冰天雪地里走着、聊着，蛋卷小姐一双雪地鞋跟跟跄跄地，鼻尖也被冻得通红。正说笑的时候，一个不小心差点摔倒在地，而icecoke先生看准了时机，扶稳了蛋卷小姐，也顺势把她冰凉的小手揣进了自己的外衣兜里。蛋卷小姐跟我说这些时，完全没有当时的悸动与柔情，反而问了我好几遍，自己到底是不是从那个时候起就被

icecoke先生灌满了迷魂汤。我笑得有点无奈，心里却知道那种一蹴而就的感情初始，难以言明的感觉。

蛋卷小姐轻叩房门的时候，我从回忆里醒来，我知道这个傻姑娘必定带着一肚子的眼泪和埋怨准备在我这儿待一天，而我也乐得不走进外面那个热辣的天气里，索性陪她在空调房里乱侃。况且蛋卷小姐每次来，必带上她喜欢的点心，尤其是香港一家老字号饼家的牛油蛋卷。

开了门，蛋卷小姐眼睛红红的，递给我一个纸袋，我打开一看果然是各色点心，有山药枣泥卷、杂果芙蓉酥、肉松千层糕和牛油蛋卷。索性用竹制长条盘全部摆好，再用凉壶装满冰块，倒入刚煮开的酸梅汤。热饮遇到冰块产生了清脆的炸裂声，我知道蛋卷小姐心里也泛起了层层涟漪。

看着眼前这个日渐消瘦的傻姑娘，我问道："晚餐想吃什么？"

"麻辣香锅吧！"

"什么？你不是不吃那玩意儿的吗？"

"现在，可以了。"蛋卷小姐闭上眼睛，有点无理地说。

当年，蛋卷小姐酷爱辣味。她与icecoke先生一起吃的第一餐饭，就是步行街附近一家有名的麻辣香锅。一众菜色，蛋卷小姐选得不亦乐乎，因为想着icecoke先生是男孩子，喜欢吃肉，所以她还特意要了自己不喜欢的五花小排骨和培根。等菜上来，蛋卷小姐看着迟迟不肯动筷子的icecoke

先生，还有那脸上来得有点晚的"青春痘"，恍然大悟。原来，icecoke先生不吃辣椒已经很多年，因为在南方念书，湿气略重，所以痘痘也不能很快痊愈。蛋卷小姐隔着桌子和朦胧的光线，并没有看清icecoke先生脸上的痘痘，却心里暗暗想着下次要记得把姐姐以前告诉自己的那个偏方拿来给他。

　　icecoke先生不能吃辣，而蛋卷小姐却是个无辣不欢的重口味少女。两个人在一起之后，每次点菜都会事先问好有没有辣椒。如果有的话，基本上这菜就是蛋卷一个人的食物，而icecoke先生也会在这些有辣椒出现的菜式面前板着一张脸，对蛋卷小姐厉声咆哮一番。不过这些都是后话了，当时的蛋卷小姐，甚至觉得icecoke先生是个吃东西十分讲究的人。果然情正浓时，一切缺点都是别人说不得的优点。

　　日子也就这么一天天流逝，蛋卷小姐和icecoke先生两人依旧靠着寒假暑假十一小长假什么的各种假期见面，平时基本上都和异地恋一样，靠着手机和互联网聊表爱意。虽然有时候吵架，也都是在虚拟的世界里，但是蛋卷小姐觉得那是两个人情比金坚的见证。

　　毕业的时候，蛋卷小姐知道icecoke先生会回到家乡，所以拒绝了家人给其在北上广安排的好工作，也隐瞒了自己可以拿到美国一所学校奖学金的事实，一意孤行地决定留在家乡，等着她的icecoke先生，甚至一次次地幻想这厮会骑着高头大马前来迎娶自己的景象。

可事实却是，网瘾少年icecoke先生带回来两本毕业证和一个能热牛奶的笔记本电脑，每天在家里各种网游，玩得不亦乐乎。家里的父母不知道是宠爱过度还是没有能力负责，绝口不提这个独生子的任何前途，也不会因为他的小女朋友——蛋卷小姐，就多给一些生活费。所以，蛋卷小姐每个月的零花钱基本上全花在了两个人的吃吃喝喝上。有时候，这个十指不沾阳春水的丫头，还会跑到人家家里去做一桌icecoke先生家人并不喜欢的、过于油腻的饭菜。蛋卷小姐跟我说这些的时候，她喝醉了。我深知，以她的自尊心，怎么会给我讲这么多自己的过往？你以为的，永远不是你以为的。爱情，过了那个保鲜期，如果不能再吃就只好扔掉，别有不舍，否则只会让自己胃肠感冒。

这些事情我听完，不由得破口大骂，骂她没出息，骂这一家人黑心肝。

而当时的另一个事实是，蛋卷小姐听了家人的话，不去别的地方工作，就好好考研。考研的日子里，自然没有icecoke先生的鼓励，偶尔对方还会因为她忙碌不能陪伴而闹一闹情绪，全然一副少爷的嘴脸，蛋卷小姐则成了新时代的"童养媳"。

也许，蛋卷小姐要是多花点时间去了解icecoke先生到底是怎样的一个人，就不会做出在一起的选择。可是人生没有那么多后悔药可吃，蛋卷小姐只能在自己做了选择之后大义凛然地往前走。

　　蛋卷小姐跟我说："很久很久，我都没有好好睡过。一次次地质问自己是怎么了，怎么就这么没有尊严？面对一个常常把我的优秀不屑一顾，甚至踩在脚下践踏的人，为什么我还会坚持那么久？那个时候，我考上研究生，参加各种活动，看上去前途无量，可是我并不开心，几乎每天，我都会在哭泣中睡去，然后再在各种噩梦里哭着醒来。"

　　蛋卷小姐辗转难眠的同时，icecoke先生也在思考自己到底喜不喜欢这个让自己压力十足的女孩子，就像他后来对蛋卷小姐说的，"一开始，我并不喜欢你，只是觉得该恋爱了，你又对我不错，就想玩玩而已。可谁知道后来，越来越难以自拔，你对我的好，太让人欲罢不能了。"

　　蛋卷小姐跟我转述的时候，我是愤怒的。对这个男人的自私与自大，对他拿蛋卷小姐当成陷入深渊的傻瓜感到很愤怒。可我也很庆幸，蛋卷小姐已经及时脱离了苦海，在这场极为失败的爱情马上上升到婚姻的时候，结束了一切。

　　"你看看那点心，是不是已经过了赏味期限？"蛋卷小姐问我说。

　　"你什么时候这么讲究吃的东西了？"我笑笑问道。

　　"赏味期限的意思不就是说品尝食物味道的期限吗？一旦过了这个品尝味道的期限，最好的味道就不能得以保存了，不是吗？"

　　"是啊，在很多地方，商场卖的食品陈列时间超过'赏味期限'的三分之二，就得下架，要么退货，要么丢弃。如果说'赏味期限'是3个月的话，基本上还差1个月时就要处理了。所以大家都喜欢买赏味期限最长的一种东西吃。"

　　"别吃了，既然已经过了赏味期限，不是最好的味道了，我们也没有必要再吃。"蛋卷喝了一口冰镇酸梅汤。

　　委曲求全，从来都不能得到最佳的选择。过了赏味的期限，不必用什么冠冕堂皇的理由约束内心的自我，因为想要最好的味道，随时放下手边的事物再前去追逐，永远来得及。

　　爱情，过了那个保鲜期，如果不能再吃就只好扔掉，别有不舍，否则只会让自己胃肠感冒。

猫饭

食材:

白米饭 蚝油 猪油 花椒粉

步骤:

1. 取碗加入猪油一勺,蚝油一勺,些许花椒粉

2. 热米饭覆盖猪油表面,静置一分钟

3. 加少许芝麻搅拌均匀即可

猫饭

　　便利店的时钟整点报时的时候，Mariko抬起头，看了看表，时间是凌晨两点。通过感应门的玻璃，外面的路灯依旧亮着，偶尔有稀稀落落的车飞驰而过，溅起水坑里的雨水，唰唰的声音让这个小姑娘感觉有点儿惆怅。

　　我是个常常失眠的"煎鱼族"，有时

候睡不着了，就去楼下的便利店转转。有时候买两串热气腾腾的关东煮，有时候是一份便当，或者干脆用微波炉转一碗泡面，解一解这午夜时分的闲饥难忍。时间久了，我和便利店的店员也熟悉起来，这个来得最晚的小姑娘，是我在异国结识的小"老乡"。

Mariko姓马，16岁就来日本留学，现在还在攻读硕士学位。这家便利店的兼职，是她的第三份零工。很多个加班回家的夜晚，我都会碰上这个姑娘的夜班，有时候她陪我聊几句，有时候我们谁也不说话，我吃着我的宵夜，她理着她的货架。繁重的压力常常让这个城市的人们心力交瘁，一如我和Mariko见到对方后，从彼此眼里看到的了然，仿佛一个轻微的点头，就诉说了同是天涯沦落人般的"你懂得"。

便利店的店员们私下给Mariko起了"拼命三妹"的称号，却也暗自佩服。因为无论多么恼人的晚班，还是别人因为事假而窜出来的替班，只要没有事，这个姑娘一定会毫不犹豫地答应。就像她对我说过的理由一样，她只是很害怕，害怕那个空荡荡的小公寓，害怕一个人的孤独。在便利店工作，起码可以偶尔和客人讲话，起码还可以用微波炉加热一个便当吃，而在自己的小公寓，好多时候躺在床上一天不出门，感觉自己更像一具发霉的腐尸。

年长Mariko几岁的我，更多时候仿佛从她身上看到了年少的自己，在思乡的忧愁与课业的压力之间喘不过气来。

很多时候，连家里的电话都不敢接，害怕听到家人不好的消息，害怕被家人听出自己的恐惧。不过，Mariko的这种迷茫，很快便被人终结了，因为她认识了同一个学校的留学生，李未来。

Mariko和李未来是同一所学校的学生，Mariko学的是经济，李未来学的是管理，两个人从来没有过任何交集，甚至在留学生的联谊会上也没有遇到过。只是有一天，两个人选修了同一个教授的课。

课上，慈祥的老教授笑眯眯地把两个人分在了一组，当时李未来简直心花怒放，因为课前，他就瞄上了这个姑娘。只不过，当时李未来还很犹豫，毕竟他在日本上学这些年还没正儿八经地谈过恋爱，找一个日本小丫头，是不是有点不合规矩？可是随即的自我介绍让他松了一口气，这个同为华人的中国姑娘，莫非就是老天爷看自己孤苦伶仃在异乡求学不容易，所以才天赐良缘？这些话，李未来常常在半夜端着一个桶面和我一边眉飞色舞地说着，一边丝丝哈哈地喝着面汤。

其实Mariko在学校里是很有名的学霸，只是一边忙着学习一边忙着打工，所以很多人都不知道这个"神龙见首不见尾"的年级第一名有着怎样的庐山真面目。而李未来作为一个看上去不太正经，却极为保守的小小少年，其实是有着高大的身材和坏坏的笑容的。他也会多看几眼漂亮的姑娘，也会在这个有着奇怪风俗的日本想入非非，但是李未来知道，这些都不是自己的未来。

直到看见Mariko为了另一个小组成员做错的小组作业而皱着眉头时，李未来才知道，或许自己的未来就是缺Mariko这样的姑娘。

那一次，李未来和Mariko的小组有一个很认真的男生，虽然认真，可有些人学了一辈子却依然只是个渣渣。这个认真的"学渣"很认真地做完了作业，但却发现自己做的题目从一开始就错了，当时距离交作业只剩一个晚上的时间，学渣的战斗力显然是不足以维持到第二天早上8点的，于是Mariko只好无奈地摇摇头，拒绝了学渣要恶补作业的请求，自己背着书包跑到了图书馆。李未来是一个有理想和抱负的年轻人，很负责任地决定和Mariko一起去图书馆，虽然他也不比学渣强多少。

等到李未来再次醒来的时候，他发现自己的口水已经不知不觉地流了一桌子，而对面的Mariko在图书馆的灯光里，是一副他从未见过的女神模样，他知道，原来自己这么多年想找的就是一个认真写着作业、鼻尖沁着汗珠、眉头紧锁的小姑娘。他就这么看着Mariko，不知不觉，口水又多流了一桌子。

等Mariko伸了个懒腰，满意地看着自己奋斗一晚上的成果时，再看看时钟，已经是凌晨了。李未来帮着Mariko收拾好作业本和笔记本电脑，一脸讨好的样子。

"组长同学，我帮您老人家捶捶背，您辛苦了！"李未来作势就站到Mariko身后去，要给她捶背。

Mariko面对李未来突如其来的举动，一时间不知所措，脸竟然有点红："李未来你这么谄媚干什么，有事儿说事儿。"

李未来揉一揉肚子，有点泼皮的样子："那个……其实……也没什么……就是吧，我有点饿！"

Mariko翻了个白眼儿问他："我请你吃宵夜？"

"不不不，我请你，感谢一下您老的辛苦工作！"李未来心中窃喜，自己约女神吃饭居然成功了。

"吃什么？"

"你决定！"李未来哪还敢说吃什么啊，毕竟这样的姑娘可能都不太喜欢男人做决定吧！

"走吧！"Mariko也不说什么，书包一背，就往外走。

就这样，李未来成功地约到女神Mariko吃了第一顿饭，一边往校门外走，一边捂着兜儿，想着自己的钱带得够不够。一路弯弯绕绕，李未来也不知道自己被Mariko带到了哪里。反正，等他回过神儿来的时候，两人站在一家打烊的日本料理小食肆前面。

李未来有点疑惑："这，关门儿了吧？"

"对啊！"Mariko一边说一边从厚重的书包里拿出一串钥匙，找到一把，熟练地开了店铺的卷帘门。

"你是这儿的老板！"李未来惊讶得合不拢嘴，此刻Mariko在他心里有着说不出的神秘。

"不是啊，我在这边打工而已，老板留给我钥匙，方便一些。"Mariko毫不在意地走到后面出去。

"可是这有什么吃的吗？"李未来确实有点饿了。

厨房是干干净净、空空荡荡的，什么也没有。Mariko走到电饭锅前，打开一看，果然里面还有一些米饭。李未来看着Mariko也不知道鼓捣些什么瓶瓶罐罐的，没多久就用托盘端上来两只瓷碗、两杯热茶。

"吃吧！"Mariko笑笑，把碗推到李未来的面前。

"这是什么啊？"李未来闻着喷香的不明物，更是饥肠辘辘了。

"猫饭。"Mariko先喝了口梅子茶，然后回答。

"啥？猫饭？"李未来塞满饭的嘴巴差点喷出来。

"对啊，就是把米饭加热，剩饭也行，新做的也行，反正足够热就行。舀一点猪油，加野菜粉，木鱼花和海鲜酱油拌匀就好啦！"Mariko说得很轻松。

李未来若有所思："你总吃这个？"

Mariko毫不在意地说："嗯，是啊。我在这边打工，老板和老板娘对我蛮不错，常常留点饭给我，猫饭的话，做起来又方便，成本又低，饿的时候是最好的选择嘛！"

"你为什么要做那么多份兼职？"

"因为我缺钱。"Mariko一点儿都没有掩饰，"我爸妈供我念书不容易，我想减轻家里的负担而已。"

李未来沉默了，他也没想到这个姑娘这么直接就告诉了自己她的故事，这让他有点动心、有点难过。那一餐宵夜吃完，李未来送Mariko回了家，然后一晚上都没有睡着。

第二天，Mariko正常上班，店长说拜托她带一带新来的店员时，她做梦都没想到会是李未来。李未来上扬着嘴角，有点痞痞地笑着。

"Ma桑，请多关照！"李未来鞠了个标准礼节的躬。

从那个时候，我就常常在便利店看到这个高高大大的小伙子了。两个人一个身材英挺，一个纤细修长。透过便利店的玻璃窗看上去，女孩巧笑倩兮，美目盼兮；男孩翩翩君子，温润如玉，让人觉得无比登对。李未来就像Mariko的尾巴，她理货的时候，他就帮忙搬来重重的货箱；她打扫的时候，他就爬上梯子去清理天花板；她午休的时候，他就拿出自己在家做好的便当，反正是体贴又温暖。

李未来的便当里，其实就一个素炒的青菜，加上猫饭。不过李未来常常和我炫耀，他的"未来猫饭"里可是加了好多料的：比如核桃碎是帮着Mariko补脑的，小鱼干、小虾干是帮着Mariko补钙的，至于黑芝麻，当然是帮Mariko把那原本不太多的头发滋润得乌黑锃亮啦！虽然不知道味道到底如何，但是我看到的是Mariko每次吃起来时的满足感。

　　只是，生活永远都不会像童话故事那样一直都是那么美好的，现实远比我们想中更加残酷。当李未来和Mariko都进入毕业前的实习期时，两个人很久没有旁若无人地同时出现在便利店里秀恩爱了。

　　Mariko告诉我，李未来去了一家很有名的日本投资银行工作，而她则在一家知名企业的宣传部做文案。这份工作时间比较灵活，可以拿到家里去做，所以Mariko依旧有很多时间做兼职，并且准备了下一个阶段的深造。

　　那段时间，我也是有些担心的。毕竟快乐的生活难以持续太久，在这个生存大于一切的城市里，学生时代的光环毫无用处。当李未来因为繁重的工作而减少和Mariko在一起的时间之后，我不知道他拖着疲惫的身子回到家，是否还能端得起来那碗Mariko精心准备的猫饭。而Mariko的梦想还尚未实现，读博士的初心依然没有改变，是否在李未来的未来里，她还要再多背负一份家庭的责任？

　　后来的事实证明，我的担心是多余的，因为Mariko的智商很显然并不只是在学业上表现很突出，在生活上依旧如此。Mariko选择了便利店的晚班，这样等她便利店的工作结束，李未来也加完班了，两个人可以一起回家。Mariko很巧妙地错开了自己一个人在房间独处的过程，避免了每个女人都会有的胡思乱想。

　　白天，李未来去上班，Mariko则是照常去学校上课，完成各种报告，有时连午饭都顾不上吃，却从不把作业留到4点以后去做。因为4点的时候，她要去小餐馆打工，顺便在后厨给李未来准备晚餐。

Mariko开始每天给李未来做便当，她的便当里还是以猫饭为主，多的是一个煎蛋或者一个鸡腿，偶尔会有几片牛肉，同时她还准备了精致的水果盒，至少有两种水果的水果盒。每一种水果都去了皮，切成均匀的小块，让李未来可以用水果叉迅速吃完，再去继续加班。

李未来常常是下了班，来便利店和Mariko一起吃晚饭，等便当吃净了，再"扫荡"完一个水果盒，之后李未来拍拍肚子，打个饱嗝儿，两个人开心地说笑一番，之后就离开便利店，返回公司加班。

Mariko这样的时间支配实施起来也比较游刃有余，虽然会比在学校的时候少见到李未来，但她从不是个黏人的姑娘。她说她需要自己的时间，需要做自己的事情，同时也会帮李未来打理好衣食住行。很多时候，在面对Mariko的自信与镇静时，纵然比她年长一些，我都深深感到自愧不如。

往往看似脆弱而青涩的校园爱情，也许并不会像我们所想的那般轻易就夭折了，只是为了维持异常脆弱的感情时，可能更需要我们的呵护与付出。那种呵护和付出，是彼此都懂得对方的苦，都明白对方和自己一样为了能够长相厮守的诉求，只有这样对等的了解和认知，才能让两个人彼此付出了却不因为自己多一点的付出而觉得委屈。

一如Mariko为了李未来放弃了好几份兼职，并选择了一份前景并不比他好的实习工作，只为了多一点时间来平衡这种多出一个人的生活。而李未来常常下了班穿越大半个城市，也仅仅是为了和Mariko一起吃顿晚餐。

有时候我问李未来："是什么力量让你长久以来都是如此，可以坚持着下班跑这么远的车程，然后再跑回去，就为了一起吃晚餐？"

李未来总是笑着回答我："当然是因为我家Mariko女王大人做的猫饭啦！"

真正的爱，总是最平凡的。

往往看似脆弱而青涩的校园爱情，也许并不会像我们所想的那般轻易就夭折了，只是为了维持异常脆弱的感情时，可能更需要我们的呵护与付出。

香糟浸花生

食材：

花生、干香糟、绍酒、白糖、碘盐、桂花

步骤：

1.花生煮熟后，取出晾凉，并将其捏开口。

2.做香糟汁。先将干香糟压碎，加入上好的绍酒化开，加入白糖、碘盐和少量桂花调和均匀，成糊状。之后，用纱布过滤，取汁即可。

3.将做好的香糟汁倒入花生中，封闭好，放在冰箱里。

4.12小时以后，才可食用。

浸香糟生花

月颖和习曼的相识有点儿"离奇"。

月颖的家乡特别漂亮——崇礼的翠云山。这个被誉为"京西第一雾山"的翠云山，位于河北省张家口市崇礼县境内，她的家人经常利用小长假带她去北京玩，这里距离北京大概200多公里，所以月颖虽然是山里的孩子，但从小也被北京的文化不断熏陶，视野比同是山里人的孩子开阔很多。

云雾缭绕的翠云山，其植被天然造就，说它是世外桃源一点儿都不过分，这里年平均气温只有1℃，夏季最热的七八月份，平均气温也只有17℃，比著名的避暑胜地承德、秦皇岛均低7.0℃之多。一方水土养育一方人，月颖的性格也如这里的温度一样，冷静而不起波澜。

月颖从小被管教得很严，零食一律不准吃！可上有政策、下有对策，月颖无师自通，学会了"香糟浸花生"。此后她家只要来客人，她的爸爸必定会让她做一碗香糟浸花生当应急的下酒小菜。

习罍呢？从小就住在上海的弄堂里，他是被一代老上海人的价值观教导长大的，但是长大后，又被新型上海人的价值观不停地冲击，两者的差异让他不知所措，美丽的上海让他如此迷茫。

不知所措的时候，人们更容易偏向随波逐流，所以习罍一直以来都是老好人，不发表什么观点，也不反对大家都做的事情。

习罍大学毕业的时候，来翠云山放松，他还没有做好准备，就已经被人流推着前进，一个月后就该去实习了，怎么办？与其说来翠云山是放松，倒不如说是对城市暂时的逃避。

一个人的旅途总会状况百出，更何况是习罍这样不谙世事的毕业生。在翠云山转了三个小时，习罍毫无预兆地发现自己迷路了。习曌想过自己的一百种死法——病死、工作累死、压力压死……唯独没想到自己竟然会被大山困死。悲从心中来，不由得号啕大哭。恰巧，刚好被来山上摘花生的月颖听到，就顺带把他带回自己的家。

月颖的爸爸妈妈又去北京玩了，家里只剩她一个人。月颖是个思想合格、胃不争气的吃货，刚把习曌带回家，自己就饿了。爸妈不在身边，只能自力更生了。

顺带提一句，月颖是一个能坐着绝不站着，能躺着绝不坐着的晚期懒癌患者。看着自己在山上捡到的劳动力——习曌，说不定他明天就走了，不用白不用。万恶的资本主义思想，在月颖这里可是根深蒂固。

月颖："这位同学，我家不收只吃不干活的人，我要做一道美食给你，你呢，现在把我刚才摘的花生全部洗净，放在锅里煮熟。"

月颖在一边拿着手机优哉游哉地做起了"监工"：花生上的泥沙没洗净、坏的花生没有挑出来丢了、洗的速度太慢了……放在早些时候，月颖绝对是一等一的监工。

花生煮熟后，取出晾凉，并将其捏开口。当然，这还是习曌的活儿！

习曌看着一个下午一直拿着手机絮絮叨叨，安排他做这个做那个的月颖，真想把这个一心想榨干他的女生扔出去，但是没办法，谁让她救了自己一命？跟命比起来，一下午晕头转向地忙简直不值一提。

打扫卫生，刷锅洗碗，洗花生，煮花生，晾花生，捏花生，习翌做完了这一切，月颖女王正式上场，开始做香糟汁。

家里现成存放的干香糟，不能直接作为调味品用，要加工成香糟汁，和花生才能组成绝配！先将干香糟压碎，加入上好的绍酒化开，加入白糖、碘盐和少量桂花调和均匀，成糊状。之后，用纱布过滤，取汁即可！这就是月颖的绝门手艺——香糟汁。

之后又是习翌的活儿——将做好的香糟汁倒入花生中，封闭好，放在冰箱里。时光不会辜负所有的等待，做完这一步就是万事俱备只欠"时间"了——坐等！

月颖把习翌带到家，坚持两个"凡是"：凡是习翌能自己做的事情，她坚决不做；凡是她能指挥习翌做的事情，她坚决不做。习翌倒也不在乎，唯月颖马首是瞻。

见惯了灯红酒绿的大上海，见惯了夜里五颜六色的东方明珠塔，见惯了黄浦江上耀眼的光芒，习翌对山村的夜愈发喜欢。翠云山的夜晚安静极了，柔和似水的月光从天际流下来，透过树梢，与地上万家影影绰绰的灯光交织在一起，散在青草和树木丛中。

他和月颖一人抱一碗昨天下午放入冰箱中的香糟浸花生。

香糟浸花生，需要浸渍12小时以上才能入味，捧着等

了一天一夜的美食，习骊的心里简直比墙角盛开的野玫瑰
还嘚瑟。

　　习骊能彻底留在翠云山，野生玫瑰也助了不少力。

　　月颖家院子里开的几朵野生玫瑰，是普通的玫瑰根本没
法比的，它们是国家二级濒危保护植物。

　　月颖知道，玫瑰是一种古老的原始种，尤其是野生玫
瑰，由于种子具有先天性品质差及后熟的特性,造成种子更新
动力特别低,导致大量优质基因得不到有效保存, 现在野生玫
瑰这个种群几乎处于濒危状态。

　　月颖去过吉林珲春野生玫瑰自然分布区，和那里的野生
玫瑰天然群落一比，自己家乡翠云山的野生玫瑰简直惨不忍
睹。每年村民都会上山随意采摘，她也是看在眼里、急在心
里。这样采摘下去，家乡的野生玫瑰怕是过几年就彻底销声
匿迹了。

　　为了拯救家乡的野生玫瑰，月颖自发组织人宣传过，不
过并没有什么效果。她知道很多村民家里头住困难才去摘野
生玫瑰，晒干卖钱。自己手无缚鸡之力，拿什么帮村民对抗
残酷的生活？

　　习骊随口一说："你不是会做香糟浸花生，教给你的邻
里乡人，卖这个为生。"

　　听完他的所谓"意见"，月颖想把这个公子哥直接扔出
去。这个东西，只要有食材，大家都会做，用它赚钱？还不

如去喝西北风！

习曌"死皮赖脸"地在月颖家住了两个星期，在此期间，月颖一直在忙拯救野生玫瑰的策划案。他也没人一起玩，就自己一个人倒腾着做香糟浸花生，有时候来游客，他也会小露一手，两个星期的时间竟然赚了小一千！

月颖是一个十级吃货，而且绝对是吃货中最高层的！看到习曌借着自己的手艺竟然赚了这么多，她立马把习曌的小金库掏空，全买了真空袋。

前脚刚被掏空小金库的习曌，这会儿又要被剥削身体使用权：上山摘花生，回来洗花生，煮花生，晾花生……无限循环，月颖自己做什么呢？

她装袋，一袋300克，新鲜的香糟浸花生，十块钱一袋，专门卖给上山尝鲜的游客。一周下来，他们竟然赚了三千多块钱！

实验了一个月后，月颖把所有钱都给了习曌，就当是他回家的费用。她准备让村里人都开始这项业务，毕竟有看其他的赚钱之道，摘野生玫瑰的人就会减少，而且做吃的又不违法，还赚钱，谁还会冒险尝试违法的事？！

就这样，月颖朝着保护野生玫瑰的目标又迈进了一大步！

习曌决定留下来和月颖一起从事这件伟大的事业，虽然在别人看来只是保护了一种生物，但在习曌自己看来，却是一件"拯救地球生物"的大事，比朝九晚五的上班生活强多了。

只是，所有的事情都没有想象中那么简单，本来一袋重300克新鲜的香糟浸花生卖10块钱就已经盈利不少，但有些人总想以各种理由加钱，卖11元、12元的大有人在，甚至还有人直接卖到15元。还有一类人，以次充好，做香糟汁时不注意卫生，杂物和生水都会进入香糟汁中，导致做出了变质的香糟浸花生，舍不得丢，也就一并卖给了上山的游客。

对于那些加价的人，月颖气不打一处来，看到卖给游客变质的食物，她更想把那人炸了！

月颖挨家挨户劝说那些人，为了长期利益和大家的和谐相处，不要随意加价钱。对于那些卖给游客变质食物的人，月颖直接就把他们举报了。

习塱对村里人的那种行为也是极度不满，但他觉得完全没有必要去说别人、去管别人，自己过好就好了。

月颖回家看到在沙发上优哉游哉嗑瓜子的习塱，有些恼火，心想他不帮自己也就算了，还总说风凉话，不知道食物安全大于天吗？！月颖是懒，是爱吃，但在大是大非面前，她的三观绝对是当代青年人的楷模。

她认为活在这个世界上，不表达自己的观点，不争取自己的利益，不制止别人的危害行为，换来的不是别人的好感，只会让别人内心更加唾弃你。即使表面觉得你还不错，内心也难免会鄙视，因为你太好操纵了。

月颖夺过习骘手中的瓜子，怒吼道："你这种人，说得好听是好好人，说不好听，就是软柿子。他们现在危害的是游客，没有游客的支持，我们的香糟浸花生卖给谁？现在绝迹的生物已经够多了，野生玫瑰作为国家二级保护植物，你就眼睁睁地看着他们把它采摘到绝迹！"

月颖说完，习骘并没有生气，因为他很早就打定主意：娶眼前这个女生！他一直认为，女生身上最可惜、可怜的不是时间流逝，容颜不再，而是不会独立思考，接受着现代人的教育，骨子里还是三从四德的观念。

月颖身上的大胆担当是他没有的——人总是容易被自己身上没有的东西吸引，这个光芒点足以让习骘放下上海看似完美实际随波逐流的生活。

美丽的女生，当她有了美丽的灵魂，对任何一个人都是致命的，她就像太阳，你无时无刻不想围着她转。

习骘现在很支持月颖，但他害怕月颖冲动过头，被那些她举报过的人伤害，他不想月颖受到一点点伤害。

习骘："有些事点到为止，还是不要那么冲动。"

月颖的回答让他无话可说："年轻时不冲动，留着这股劲，死后自掘坟墓啊，再说自掘坟墓出来，有人敢认你吗？"

两个人继续合作做香糟浸花生，习骘也不再"指责"月颖举报那些无良卖家的冲动行为。人活一辈子，留名一千年。有这样的合作伙伴，习曌里子面子都是特别骄傲的！

习曌表白了，月颖故意说："你当时没走，难道不是要留下来娶我？"

是？不是？还真是难以回答。当时留下来，也有想和她在一起的因素，但最大的问题还是习曌害怕上海那边的压力。不过，现在留下来，完全就是想和月颖在一起！

习曌很"巧妙"地回答："当时是留恋这座山，现在是离不开这个人。"

5月20日，他们结婚了，联合掌厨，每桌都有一份香糟浸花生！

活在这个世界上，不表达自己的观点，不争取自己的利益，不制止别人的危害行为，换来的不是别人的好感，只会让别人内心更加唾弃你。

秘制猪蹄

食材:

猪蹄 白兰地 老抽 葱段 姜块 十三香 大料 香叶等

步骤:

1. 猪蹄泡入冷水中

2. 沥干水分，用火燎去表面没有剔除干净的细毛

3. 斩成小块

4. 小火在锅中烘干表面水分

5. 油锅热后加入调料爆香后取猪蹄一同爆炒

6. 加水焖煮至收汁即可

秘制猪蹄

　　牙祭周末小分队的成员，热衷料理
的，不只有我一个人。宋韵美，比我更加
专注料理，也比我更加痴迷于麻将，所以
我们的小团体总会在周末的时候打上几圈
麻将，然后胡吃海塞一顿。

　　平时，连我在内的几个大龄女青年，
都是很少下厨房的。唯独宋韵美，不仅会

做，心情好的时候还会卖。每次做了一锅美食，又吃不掉，她都会发朋友圈显摆显摆，有人架不住诱惑，就提出要买。这姑娘倒也实在，同城的基本都上门送货，而且是开着自己的保时捷去送货。就这样一传十、十传百，原本是家庭主妇的宋韵美，居然摇身一变成了微商，很多人重金求买，在这些吃食里，销量最好的主打产品是她的秘制猪蹄。

关于宋韵美和她的猪蹄，也是一段只有我们才知道的轻狂往事。我们都曾爱过，也曾恨过，轰轰烈烈的爱恨情仇里悄无声息的长大，或许这才是青春本来的模样，它被我们演绎成了一场不曾察觉的江湖传说。

宋韵美是在一场校园音乐节上见到周叶十的，周叶十当时和几个和朋友一起组建了乐队。宋韵美当时奉命从姥姥家带着秘制猪蹄给表姐送去，路过学校的中心广场时，她看到了周叶十和他的乐队在台上唱歌。宋韵美别的都忘了，就记得周叶十唱的是周杰伦的歌，虽然都姓周，可是周叶十却更多点谢霆锋的范儿。那样子，像极了谢霆锋在演唱会上抱着吉他唱《活着》的样子，宋韵美只一见就倾心了。

演出结束之后，宋韵美想多在这所校园里转转，不出预料的话，她以后也会在一所差不多的二本大学里过完四年。可就是随意地转转，让她看到了周叶十。

周叶十背着吉他坐在图书馆的台阶上，对着电话说："兄弟，求你快点儿，一个卤肉饭，一瓶可乐，要百事，不要可口，再不来就给我收尸吧，我要饿死了！"

"哎，请你吃猪蹄？"宋韵美也不知道从哪里来的勇气，对周叶十晃了晃手里的保温饭盒。

"姑娘，你是田螺姑娘吗？"周叶十早就习惯了作为被瞩目的焦点，这么多年也总是有各种花痴的小姑娘给自己送水送饭送零食，可没想到眼前这丫头居然问自己要不要吃猪蹄。

"那个……我给我姐姐送来的，你要不要吃啦？"宋韵美心里知道，周叶十这样万花丛中过的老手，肯定把自己想成是那种傻里傻气的柴火妞，索性就这样一路演下去。

那天，周叶十给宋韵美留了QQ号，说好下次请她喝可乐，不过要拿猪蹄来交换。

其实，宋韵美家的秘制猪蹄并没有什么特别，只是她姥姥有一把高温烈焰的喷枪，每次拿回来的生猪蹄，都会经过高温的洗礼，表面的硬毛燎得无影无踪，而且那皮也沁出油脂，再与空气慢慢融合，待到风干后加料熬煮，爽口弹牙自是不必多说。有时候，宋韵美也觉得，这猪蹄子的爽脆与入味，恰恰是那喷枪和烈火的功劳。虽然说起来并不够诗情画意，但是不能否认的是，自己的青春也跟这猪蹄子一样，在水深火热里凤凰涅槃了。

宋韵美并没有和周叶十确立什么情侣关系，只是类似"宝贝"或者"honey"的称呼常常在两个人之间响起。那个夏天，高考之后的宋韵美每天都跑去看周叶十的乐队排练。睡眠质量一直不高的她，后来已经练到可以在鼓手各种动次打次的节奏中睡个昏天暗地，而且还养成了磨牙这个恶习。很多次，都是在宋韵美咯吱咯吱好像要吃人的声音里，周叶十唱完最后一个尾音，然后喊醒她，再叫上乐队和一帮狐朋狗友，去学校附近的大排档喝几瓶冰镇啤酒，啃几块宋韵美带来的秘制猪蹄。那个夏天，他们在一起，整个世界都是特别明亮的。

后来，宋韵美很快就拿到了自己的录取通知书，如愿以偿地进了一所二本大学，学校所在的城市距离她的家乡并不远。送宋韵美走的那天，周叶十对她说："等我。"宋韵美没有问周叶十叫自己等什么，可是她一直觉得等自己下次回来的时候，周叶十会准备好和她一起去姥姥家吃秘制猪蹄。

就这样，在大学的第一个学期，宋韵美会偶尔收到周叶十寄来的小玩意儿，每天拿着手机在QQ上和他聊天。室友以为宋韵美是在和高中时期的小男友异地恋，她却笑笑说那只是自己养的手机宠物。

别看宋韵美说起来简单，但是她却为了主唱周叶十大人费了不少心思。没有了姥姥家大鱼大肉的喂养，加上她刻意地节制和运动，很快她就丢掉了那一身的babayfat，同时也为了周叶十拒绝了不少男生的追求。

等她第一个小长假准备回去见周叶十的前一夜，体重秤上的数字比上大学前少了十斤肉还多，宋韵美想了想，这一次终于有勇气站在周叶十身边，把两个人的"革命友谊"上升一个级别了。

可是，原本想要给周叶十一个惊喜的宋韵美，却给了自己一个大大的惊吓。和所有狗血的偶像剧情一样，宋韵美偷偷跑去周叶十他们乐队排练的琴房，却透过后门的玻璃看见了和一个年轻女孩拥吻的周叶十。那个女孩脖子长长的、皮肤白白的，分明看到了后门外的宋韵美，却依旧没有停止当时的动作。那对宋韵美毫无情感色彩的一瞥，仿佛烤猪蹄的喷枪吐出了火舌，直接把她的手从门把手上燎下去了。宋韵美在那个眼神里，甚至没有看到得意和炫耀，因为自己和周叶十并没有任何关系，他，从不曾属于她。

失魂落魄的宋韵美回到家里，压制着自己的情绪坐到了饭桌前。姥姥依旧把外孙女喜欢的菜式堆满了餐桌，而宋韵美则是状似随意地和表姐问起了周叶十。作为校园"周杰伦"，周叶十早就名声在外了，即便姐姐是硕士部的学生，也还是知道一些周叶十的风言风语的。

看似在外面拈花惹草的周叶十，其实有一个正牌女友在美国读书。这姑娘倒也是有几分魄力，不管周叶十身边有多少莺莺燕燕，只要她一回国，各路"妖魔鬼怪"就全都消失得无影无踪。而主唱大人，虽然流连于花丛中，却一直有片叶不沾身的本事，从没想和哪个姑娘真真正正地爱一回。宋韵美顿时恍然大悟，自己这是一不小心，遇见了个绝世罕有的极品渣男。

那一天，宋韵美说姥姥的猪蹄子吃着发苦，肯定是放糖熬糖色的时候过了火，被那蜜糖的焦香迷昏了头，所以才会出现这样的失误。她还说，对于高级厨师来说，失误一回就再也不会有第二回，也不知道是安慰姥姥还是安慰自己。

小长假过后，宋韵美回了学校，却并未和周叶十老死不相往来，反而在隐晦地透露了自己知道周叶十和正牌女友的事情后，大方地表示自己不计前嫌，只想和周叶十做个红颜知己而已。

宋韵美知道，周叶十喜欢边啃猪蹄边喝点啤酒，所以就很用心地和姥姥要来了做秘制猪蹄的配方，在每个周末都会跑回家里去反反复复练习猪蹄的做法。那段时间，宋韵美拿来练习的猪蹄大概能绕地球两圈了，连我们都不明所以地总被她叫去试吃猪蹄，当个免费的小白鼠。不过每一次去，我们都能感觉到，宋韵美的手艺越来越纯熟，她那些翻来翻去的菜谱和各种网上找的资料还真不是白忙的。

那些看上去白胖白胖的生猪蹄，在宋韵美一番折腾之后，居然可以随便地转换出各种口味。不管是五香的口味，还是麻辣的口味，第一口吃都是皮脂的爽脆，第二口是配料的辛香，细细吃起来，则是猪蹄本身并不腥而腻的原味，最后吃完的时候，嘴里却是绵延不绝的回味，无法形容，却有些苦涩的绵延，宋韵美解释说那苦涩是茶叶的作用，做肉食的时候加点茶叶可以让肉质软烂而祛除怪味。

　　那段时间，宋韵美绝口不提她和主唱大人周叶十的种种过往，反而有事没事就会走一趟，听听周叶十唱唱歌，给他送送自己在三伏天里钻进厨房一整天做的猪蹄，或者，在大雪纷飞的三九天背几瓶冰可乐给乐队的一众成员润润喉。总之，宋韵美仿佛进入了做猪蹄的第二个重要环节——熬制。

　　她耐心而执着，言寡而体勤，这些事情连不明所以的外人看在眼里都被深深地打动了。而周叶十也从慢慢动摇转变成了想和宋韵美正式交往，甚至决定和身在美国读书的正牌女友分手，许宋韵美一个明朗的未来。

　　直到半年后的情人节，周叶十已经正式告别了前女友，准备在乐队的情人节live上向宋韵美告白。出乎所有人意料的是，宋韵美并未盛装出席，那天之后的一整个学期，周叶十和宋韵美断了联系，若不是在场有人和宋韵美一起喝过酒啃过猪蹄，他们甚至以为她只是众人一起做的一场梦。

　　宋韵美再次出现，是在周叶十的毕业演出上。彼时，周叶十在台上唱得撕心裂肺，宋韵美却拿着几块猪脚啃得正香，笑眯眯地坐在下面看着周叶十，他错误的走位和明显的走音在宋韵美眼里都变成了青葱岁月里快意恩仇的报复。

　　在演出结束后，宋韵美在后台等到了已经不是那么气急败坏的周叶十。

　　"要吃个猪脚吗？"宋韵美很欠揍地问。

　　"宋韵美你什么意思？"周叶十只想知道这个自己一直

以为了解的女生想要干什么。

"报复你啊，周叶十，替我自己，以及这些年被你骗的女孩子报复你而已。"宋韵美说完，轻轻吐出嘴里的骨头，半分都没看周叶十一眼。

"周叶十，这几年忍着，就为了报复你，不过也多亏了你，我现在猪蹄炖得开个店绰绰有余。"宋韵美的语气冷如陌生人，亲眼看着自己当年的失落与愤怒在周叶十身上重演。

那个自己省下钱而给周叶十送去生日礼物的宿舍楼下，那个自己差点热到中暑也要给周叶十送去猪脚的礼堂门口，还有那个自己在风雪里等他到睡着的琴房……宋韵美云淡风轻地说起这一幕又一幕的过往，看着周叶十的表情，她心里有一种难以言说的快乐。

最后，宋韵美丢下了周叶十，转身走了，走的时候她好像忘了一切，这几年连同青葱岁月的一切都忘记了，唯一没忘的就是秘制猪脚的配方，还有自己留在灶台上的汗水和眼泪。

宋韵美知道，自己是真真正正爱过的，然后再拿起周叶十塞到自己手里的刀子，一刀插进了他的心里，那些猪蹄上浓厚的酱汁就是她淬炼的毒药，当作赠品一同还给了周叶十，从此两人再也不会相见。

事情过去了这么久，每当我们啃着宋韵美做的猪蹄时，都会有点胆战心惊地想起宋女侠忍辱负重多年，靠一道秘制猪蹄翻云覆雨的故事。没人去问她在那天之后得到快乐了没，也不知道周叶十离开这所城市之后有多痛苦，因为我们都知道，感情的世界没那么多所谓的"公平"，一切也无法靠着简单的事实就能衡量。

不过宋韵美说，这是她在少女时代做得最实际的事情了。而且不说爱情是不是有什么结果，所幸的是自己这个一贯不擅长学习的人，还靠这段感情找到了一个可以谋生的手段。

"非要说什么受不受伤的，谁年轻的时候还不刻骨铭心地爱一回？我的青春没被狗吃了，这就是我最大的收获。"宋老板一板一眼地说完这句话，不顾我们被噎得直翻白眼。

她接着说："猪蹄我早做腻歪了，想换换别的品种，你们说是换排骨呢还是换鸭舌？不过品牌名我已经想好了，就叫食肉少女。"

其他几个人听完，默不作声，继续品着被宋韵美的"少女猪蹄"勾起的青春和回忆。

我们都曾爱过，也曾恨过，轰轰烈烈的爱恨情仇里悄无声息的长大，或许这才是青春本来的模样，它被我们演绎成了一场不曾察觉的江湖传说。